# 公主傳奇 13

## 大秦公主 修訂版

馬翠蘿 著

新雅文化事業有限公司
www.sunya.com.hk

# 人物簡介

### ✦ 周曉星 ✦

周曉晴的弟弟，一個風趣幽默的淘氣精，不時有天馬行空的奇怪想法。

### ✦ 馬小嵐 ✦

來自香港的烏莎努爾公主，聰明美麗、正直善良。敢於向困難挑戰，最喜歡說的話是「天下事難不倒馬小嵐」。

**萬卡**

烏莎努爾公國第十九代國王，風度翩翩、英勇果敢。是國民眼中的好君王，小嵐和曉晴曉星心目中的暖心大哥哥。

**周曉晴**

馬小嵐的好朋友，漂亮活潑，喜歡打扮，最常做的事是和弟弟鬥氣。

# 目錄

# 第一章

## 是誰啟動了時光機

農曆十五的月亮高懸在夜空，皎潔的月色灑在月影湖上，一片銀光閃爍。

湖邊的映月亭裏，擺滿了中秋應節食品，馬小嵐和曉晴曉星兩姐弟正坐在那裏賞月、吃東西。

「唔唔唔，這月餅真好吃！」曉星拿着半塊月餅大嚼，邊吃還偏要說話，「還以為在這裏吃不到正宗港式月餅呢！沒想到不但吃上了，還這麼美味！」

曉晴兩隻手指拈着一小塊月餅，用牙齒一點一點地咬着，慢慢品嚐着。為保持美好身材及健康身體，她一向不敢多吃油膩食物，尤其是月餅這種高脂肪的東西。她一邊吃，一邊拿着迷你播放器在看什麼。

聽到弟弟這樣說，她撇了撇嘴：「還說自己消息靈通呢！連萬卡哥哥早前請來了香港最好的點心師傅都不知道！」

「是嗎？怪不得！萬卡哥哥真好。」

曉星嚥下嘴裏的東西，拍拍脹鼓鼓的小肚子，滿意地打了個飽嗝。他扭頭問小嵐：「小嵐姐姐，萬卡

哥哥怎麼還不來呀！」

小嵐拿着杯果汁，用吸管慢慢啜着，聽到曉星問，便說：「哦，他今晚要跟幾位大臣商量緊急事情，完了才能來。」

「哦，好帥啊！」曉晴突然喊了起來。

「曉晴姐姐，你在看什麼東西？這麼吸引你。」曉星伸過頭去看曉晴的播放器。

「電視劇，《秦朝風雲》。」曉晴回答時，眼睛仍然盯着播放器的屏幕。

曉星嘀咕着：「真有那麼好看嗎？看得這樣着迷！」

曉晴說：「當然。那公子扶蘇，啊，帥得很，迷死人了！」

曉星撇撇嘴：「哦，原來你是在看帥哥。看你那花癡樣！」

曉晴說：「是又怎麼樣！要是我早生二千年，我一定會不惜一切去追他。典型的『高、富、帥』，才華橫溢、英俊瀟灑……」

曉星打斷曉晴的話：「姐姐，你別忘了，你看的是電視劇，不是紀錄片，那扶蘇是演員扮演的。我看呀，歷史上的扶蘇，說不定是個醜八怪呢！」

曉晴圓睜雙眼說：「你這個壞小子，竟然敢詆毀我的偶像，我的夢中情人。看我太極掌侍候！」

曉晴不知跟誰學了幾招跛腳功夫，近來常用來嚇唬曉星。

　　曉星可不敢以身試「掌」，雖然知道姐姐那點超低「水平」，但被她的長指甲抓一把，也是個大災難。他趕緊躲到小嵐背後：「小嵐姐姐，曉晴姐姐欺負我！」

　　「你這小壞蛋，什麼時候學會『豬八戒倒打一耙』。」小嵐瞪了曉星一眼，「這回我可不幫你，扶蘇是我喜歡的歷史人物，我也不許你詆毀他。」

　　曉晴見有小嵐支持，十分得意，馬上把播放器放到小嵐和自己中間：「小嵐，我們一起看，不理那小壞蛋。」

　　「好啊！我最喜歡看歷史劇。播到哪裏了？」小嵐往曉晴身邊靠了靠，兩人腦袋挨着腦袋，看了起來。

　　「剛播到扶蘇反對他父親秦始皇『焚書坑儒』、『重法繩之臣』，秦始皇不但不聽，還把他貶到邊塞……」

　　「咦，正到精彩處呢！」

　　曉星一開始還挺有骨氣的：「好，你們看吧，看我把好東西都吃光！」

　　小嵐和曉晴也沒理他，兩個人聚精會神地看電視劇，不時發出「啊、哦、咦、哎呀、哈哈」的聲音。

曉星漸漸坐不住了，小聲嘀咕了一句：「真有那麼好看嗎？」

　　説完，便偷偷地跑到兩個姐姐身後偷瞄。很快，「啊、哦、咦、哎呀、哈哈」的叫聲裏，多了一把男孩的聲音。

　　曉星忍不住發起議論來了：「我喜歡蒙恬將軍多一點。你看，他多英勇，又能打，人又正直，如果我早生二千年，我一定要跟他做好朋友！」

　　正看得入神的小嵐跟曉晴馬上回頭瞪他一眼，異口同聲地説：「眼看嘴勿動！」

　　曉星只好不出聲了。

　　看到秦始皇去世，趙高假傳聖旨，要害死扶蘇時，扶蘇站在荒野上，長髮飄飄，衣裾飄飄，手拿長劍，英俊的臉上一片悲愴時，三個人都嗚嗚地哭了。

　　接下來的事情他們上中史課時都讀過：扶蘇冤死；蒙恬被押回京城、在獄中被害；胡亥當了皇帝，奸臣趙高把持朝政，民不聊生⋯⋯

　　小嵐不想再看下去了，每次讀秦朝歷史看到這裏時，她心裏都沉甸甸的。

　　曉晴嗚嗚哭着説：「扶蘇死得真冤。」

　　曉星噙着眼淚説：「蒙恬死得也冤！」

　　小嵐沒作聲，她仰起頭，看着萬里長空，思潮起伏：假如扶蘇沒有死，歷史會是怎樣的呢⋯⋯

這時，曉星「砰」地拍了一下桌子，說：「不行，我們得去救公子扶蘇，救蒙恬將軍！」

曉晴說：「你說什麼？兩千年前的人，我們怎麼救？」

曉星從口袋裏掏出一個黑色的亮閃閃的扁平盒子：「你忘了，我們有這個！」

曉晴驚喜地說：「時光機！早前不是壞了嗎？」

「是啊。它可能是可以自我療傷的吧，反正莫名奇妙地又沒事了。」曉星說，「小嵐姐姐，曉晴姐姐，你們都想到秦代完成這個任務吧？其實不用問，你們肯定同意的。秦始皇去世的那年是公元前二一零年七月，那我們回那一年的六月份好了，留點時間好做事。好，我按了：公元前，二一零年，六月，啟動。」

「等等，曉星，我們什麼都沒準備呢？」曉晴話音未落，曉星已經啟動了時光機，一股藍光開始從他腳下升騰，瞬間，他已雙腳離地，旋轉着上升了。曉晴情急之下一手抓住曉星。

曉晴見小嵐還在發呆，便喊了一聲：「小嵐，時光機啟動了，快抓住我！」

見小嵐沒理睬，她急了，一把抓住小嵐一隻手。三個人升上空中……

# 第二章

## 回到秦朝

小嵐被重重地摔在地上。

天旋地轉的感覺仍在，腦袋混混沌沌的，小嵐無法控制身體，也無法思考，她只好維持着摔下時的姿勢，一動不動地躺着。

不知過了多長時間，腦袋逐漸清醒了點，小嵐想，發生了什麼事？自己不是和曉晴曉星一起在映月亭賞月嗎？為什麼突然就身體不由自主地升上半空，翻滾旋轉，然後掉落地上？

她想起來了，自己望着夜空遐想的時候，曉星好像說了些什麼話。對了，他說，要回秦朝拯救公子扶蘇和蒙恬將軍。

沒錯，他吃晚飯時曾經從褲袋裏掏出時光機，說又可以用了，一定是他自作主張啟動了時光機……

小嵐一骨碌坐了起來。她發現右手的袖子劃破了，露出一個大口子，頭上紮得漂亮的馬尾巴也散了，頭髮披在肩上。她又發現自己坐在厚厚的乾草堆上，再四處看看，原來自己身處樹林中。太陽剛從東

方升起，陽光暖暖地照在身上。

沒看見曉晴曉星，小嵐喊了兩聲，也沒有人應，他們一定是落到別的地方去了。

小嵐站了起來，樹深林密，沒法看得更遠，自己真的已經到了兩千年前的秦朝嗎？秦朝時已統一中國，地域那麼廣大，自己到底身在什麼地方呢！

這時，遠遠見到一個人走來，是個穿着古代服裝、頭髮花白的老人，看他扛着一把鋤頭，應是個農夫。小嵐急忙上前對老人鞠了一躬，問道：「老伯伯，您好！想向您問問路。」

老伯伯用驚異的眼光上下打量了小嵐一會兒，才說：「小姑娘，你是胡人嗎？」

中國古代稱北方的遊牧民族為胡人。遊牧民族為了騎馬方便，都穿着窄身衣服，跟當時漢人的闊袍大袖有很大區別。因為小嵐穿着緊身的 T 恤牛仔褲，所以老伯伯那樣問。

小嵐順水推舟地回答說：「是的。老伯伯。」

她心想，還好自己最近剛留了長髮，用橡皮筋鬆鬆地紮在腦後，要不在秦朝人的眼中就更怪異了。

老伯伯說：「小姑娘怎麼一個人出門？你要去哪裏？」

是呀，自己究竟要去哪裏呢？小嵐想，曉星和曉晴都很想救扶蘇和蒙恬，他們一定會去扶蘇和蒙恬身

在的上郡，便對老伯伯説：「我要去上郡。」

老伯伯説：「這裏離上郡很遠呢！靠走路要很多天。小姑娘，你得僱輛車去。」

小嵐想，僱車？自己哪有錢，還是見一步走一步吧！

告別老伯伯後，小嵐開始上路了。先走出這樹林再説，到了馳道，有車馬路過就好了，到時最好能搭個順風車什麼的，就可以快點到達上郡，説不定曉晴曉星正在那裏等自己呢！

兩千年前的樹林，連空氣都帶着甜味；天空那個藍啊，是不帶一絲雜質的，通透得像一塊美麗的寶石。小嵐之前因為找不到曉星曉晴又身處陌生地方的懊惱，一下子煙消雲散了。她在路邊採了一把小野花，放在鼻子下嗅着，心情很好。

只是，「咕咕咕」，肚子在提抗議了。要是有點吃的就好了。

眼前除了樹木還是樹木，小嵐抬頭張望，希望能在樹上找到些果子。可惜眼睛都看痠了，也找不到，只好餓着肚子繼續向前走。

前面影影綽綽出現了一些小茅屋，走近時，原來是一條小村莊。小嵐很高興，有屋子就有人，可以向他們要點東西填填肚子。

小嵐走到一間茅屋門口，用手輕輕敲了敲那道用

木柴釘成的門，大聲喊道：「有人嗎？」

裏面有人應道：「誰呀？請進。」

有人呢！小嵐高興地推門走了進去。

屋子裏光線很暗，小嵐僅可辨認到一些簡陋的陳設，手工粗糙的木桌椅，靠牆有張牀。屋角是廚房，泥做的灶，上面有一隻鐵鍋。

怎麼沒看見有人？小嵐又喊了一聲：「請問有人嗎？」

「小姑娘，你找誰呀？」聲音是從牀上方向傳來的。

小嵐這時已開始適應屋內的昏暗，她見到牀上斜靠着一個中年女人。

小嵐急忙上前，朝女人鞠了一躬，説：「嬸嬸，我是路過的，因為肚子餓了，想問問有沒有吃的。」

嬸嬸熱情地説：「鍋裏有玉米餅子。我眼睛不方便，你自己去拿吧！」

小嵐這才發現嬸嬸眼睛茫然地看着一個地方，原來她眼睛失明了。小嵐説聲「謝謝」，便走到鍋台那裏揭開鍋蓋，看見裏面有四五個蒸餅。

小嵐顧不上客氣，拿起一個蒸餅就吃了起來。玉米粉做的餅子，吃在嘴裏很粗，味道也不怎麼樣，但小嵐肚子餓，仍然吃得很香。

嬸嬸側着耳朵聽着，説：「小姑娘，慢慢吃，別

噎着。桌上有水呢，你自己倒吧！」

「謝謝嬷嬷！」小嵐坐到桌前，倒了一碗水，幾口把玉米餅吃完了。

小嵐吃完一個，擦擦嘴，不再吃了。嬷嬷好像知道了，説：「小姑娘，你別跟嬷嬷客氣，再吃呀！」

小嵐看見玉米餅並不多，不好意思再拿，便説：「謝謝嬷嬷，我飽了。」

嬷嬷説：「一個小小的玉米餅子哪能吃飽，再拿一個，再拿一個！」

小嵐肚子的確還餓着，她謝過嬷嬷，又拿了一個吃着。

嬷嬷問：「你怎麼孤身一人，你父母呢？」

小嵐説了個謊：「我是齊國人，父母在戰亂中去世了，來這裏投靠親友。」

嬷嬷歎息着：「可憐的孩子！」

小嵐問嬷嬷：「您家裏還有什麼人？你們怎麼選擇在這人煙稀少的林子裏生活呢？」

嬷嬷歎了口氣，説：「我看你也是個好人，就不怕跟你講吧！我丈夫是讀書人，早兩年皇帝焚書坑儒時被害了。我不敢留在城裏，帶着十歲的兒子逃了出來，躲在這深山老林。我的眼睛就是當時慌忙逃走摔下山坡，撞到石頭上傷了眼睛導至失明的。我們這條村子幾十戶人家，都是當時焚書坑儒時死裏逃生的儒

生和他們的家人。」

小嵐愣住了，她把手裏的半個玉米餅放在桌上，心裏又難過又感到深深的自責。一個失明女人，帶着個十來歲的孩子，生活有多艱難啊！自己還把他們的糧食吃了……

嬸嬸好像知道她心裏想什麼，忙安慰說：「小姑娘，別擔心。有個好心的山有公子，他知道我們的情況後，很同情我們，每月都定時派人送吃的來，每戶派發，像我們這種沒有勞動力的人家就特別關照。所以，我們日子雖然過得清苦點，但起碼不會捱餓。」

小嵐很感動，說：「這山有公子真是個好人。」

嬸嬸說：「是呀，要不是有他接濟，我和兒子恐怕早就餓死了。我們村子的人為了記住他的大恩大德，還把這村子命名為承恩村。」

小嵐心裏着實佩服這位山有公子，他不但有着一副好心腸，而且還很勇敢呢！公然接濟逃亡在外的儒生和儒生家眷，讓朝廷知道了，那可是大罪啊！

小嵐吃了兩個玉米餅子，肚子不餓了。她看看自己一身打扮，實在跟這秦朝格格不入，便問道：「嬸嬸，我出門時沒有多帶替換衣服，你能賣一套給我嗎？」

嬸嬸說：「可以啊！放在牆角那個木箱裏有些舊衣服，你自己去挑吧！」

「謝謝嬤嬤！」小嵐打開箱子，見到裏面有幾套衣服，雖然很殘舊，但還乾淨。她拿了其中一套褐色的，換掉了從現代來的那套 T 恤牛仔褲。

嬤嬤問：「還合身嗎？孩子，走近點，讓我摸摸看。」

小嵐走近，嬤嬤把她從頭摸到腳，說：「嗯，還算合身。不過，你的頭髮怎麼全散了，來，讓我給你梳梳。」

小嵐乖乖地坐在一張小凳子上，讓嬤嬤給她梳頭。嬤嬤雖然看不見，但手仍然那麼巧，一會兒就給小嵐梳了個好看的秦代少女髮式。

「謝謝嬤嬤！」小嵐高興地說。

又吃又拿的，得給錢呀！小嵐摸摸身上，沒有什麼值錢的東西，正着急時，想起自己頭上戴着的珍珠髮夾，便急忙拿了下來。這珍珠髮夾應該值點錢的，就留給嬤嬤吧！

小嵐把髮夾放進嬤嬤手心，說：「我身上沒錢，這珍珠髮夾就當是我買食物和衣服的錢吧！」

誰知嬤嬤一聽馬上急了，她一把抓住小嵐的手，把珍珠髮夾塞回給她：「就兩個小餅子，一件舊衣服，那值什麼錢，這珍珠髮夾我不能要！」

小嵐見嬤嬤這樣，也不好硬給她，便說：「好吧，那我就恭敬不如從命了。」

小嵐從嬸嬸手裏取回珍珠髮夾，又悄悄地放到桌子上，然後説：「嬸嬸，我要走了，謝謝您的招待。」

　　「不用客氣。」嬸嬸又説，「或者你等會再走，我兒子去打柴快回來了，讓他送你一程。」

　　小嵐説：「不用了，謝謝嬸嬸！嬸嬸再見！」

　　嬸嬸説：「好，好，你慢走，路上小心！」

　　小嵐答應着，走出了小茅屋。

　　走了幾步，小嵐一腳踢到了什麼東西，她彎腰撿了起來。這東西去山區探訪貧窮孩子時見過，叫彈弓，那裏的小朋友還熱心地教她玩。當時小嵐很快就學會了，還打得很準，令那些小朋友都很崇拜她。

　　沒想到秦朝也有這玩意。用它來防防野獸或小流氓也不錯啊！於是小嵐就把彈弓揣在懷裏了。

　　吃飽了肚子，走路也有勁了，只是那一身秦朝女服絆手絆腳的，怎麼也走不快，小嵐緊趕慢趕，希望在天黑前走出樹林。

　　忽然聽到前面有人吶喊的聲音，還有鐵器碰擊發出的哐哐聲，小嵐跑了幾步，一看，啊，有兩個人各拿着一把長劍在打鬥呢！那兩人一個穿着緊身衣，臉上蒙着塊黑布，是影片上常見到的那些殺手裝扮；另一個是穿着白色闊袖長袍、文人雅士打扮的年輕人。

　　小嵐急忙躲到樹後面，仔細觀察着。那蒙臉人似

乎想要年輕人的命，劍劍兇狠，直刺向對方要害；而那年輕人看來只有招架之力，險象橫生，眼看要死於黑衣人劍下了。

小嵐最愛鋤強扶弱，她決定出手救那年輕人。硬拼是不可能了，自己雖然會點功夫，但決不是那黑衣人的對手。怎麼辦？小嵐突然想到懷中彈弓，對，就用彈弓對付黑衣人！

小嵐急忙拾起一顆石子，瞄準黑衣人一射，「噗」一聲正中黑衣人手背。黑衣人猝不及防，手一鬆，劍掉落地下。年輕人趁此機會，一劍朝黑衣人刺去，正中他肩膀。黑衣人腹背受敵，即時手忙腳亂，或許他以為對方救兵到了吧，不敢戀戰，慌忙逃走了。

那年輕人也不去追，看着他逃去。

小嵐向來施恩不圖報，所以也不打算露面。她繼續躲在樹後面，只想等年輕人離開就繼續走自己的路。

「恩公，請出來一見！」沒想到，那年輕人朝她這邊作了個揖，又喊了一句。

看來不出去不行了。小嵐從樹後走了出來，向年輕人走去。那年輕人看上去約二十多歲模樣，豐神俊朗，身材挺拔，給人氣度不凡的感覺。

那年輕人直愣愣地看着小嵐，也許他沒有想到，

救自己一命的竟是個弱質纖纖的漂亮女孩子。

小嵐走到年輕人面前，年輕人這才清醒過來。也許覺得自己這麼眼瞪瞪的看着人家女孩子，有點不好意思吧，他慌忙拱手作揖，説：「在下路遇劫匪，幸得小女俠相救，感激不淺！」

小嵐想，這年輕人沒有説出真相，那黑衣人橫看豎看也不像是劫匪那麼簡單。但她也不想捅破，每個人都有自己的秘密，何必去深究呢！

於是小嵐晃了晃手中彈弓，微笑着説：「不必多禮，我只是耍了點小孩子把戲罷了。公子能脱險，也是上天庇佑。」

年輕人説：「小女俠太謙虛了，救人一命，勝造七級浮屠。請問高姓大名？」

小嵐説：「你叫我小嵐好了。」

年輕人説：「我叫秦仁。不知小嵐姑娘希望我怎樣報答你？」

小嵐笑道：「不用報答。不過⋯⋯如果你幫忙把我送到上郡，那我就感激不盡了。」

年輕人忙不迭地説：「小事一件！可惜我有要緊事要辦，不能親自送你去上郡。不過，我可以先把你送到馳道邊上，然後替你僱輛車。」

「啊，太好了！」小嵐高興得在地上轉着圈，一疊聲喊着，「謝謝秦大哥，謝謝秦大哥⋯⋯」

她哪能不高興呢！要是走路到上郡的話，不知道要走多長時間呢！而且還會產生許多問題，吃飯、住宿……要知道，自己身上沒有分文，這大哥哥真幫了自己大忙呢！

　　年輕人看着輕盈地舞動着的小嵐，臉上露出壓抑不住的笑容。他還是第一次見到如此俠義心腸又美麗活潑的女孩子呢！

　　他沒再説什麼，只是吹了一下口哨，馬上聽到「嘩嘩嘩」的聲音，一匹高頭大馬朝他們跑了過來。

　　年輕人把小嵐抱起，放在馬背上，自己也一蹤身，跳上馬背，「吁」地喊了一聲，馬兒就撒腿跑起來了。

　　原來離馳道已經不遠，只一會兒就到了。馳道，也是中國歷史上最早的「國道」，秦始皇統一六國後第二年，就下令修築以咸陽為中心的、通往全國各地的馳道。年輕人下了馬，小嵐剛想隨後躍下，年輕人卻一伸手，把她抱了下來。

　　「謝謝！」小嵐説，「啊，這就是秦朝的馳道嗎！俗話説：要想富，先修路。修築馳道大大有利於全國的客運和物資交流啊！秦始皇在這件事情上真是功德無量。」

　　年輕人聽了，帶着欣賞的笑容看着小嵐：「你這小女孩，還很有見識的呢！」

這時，駛過來幾輛馬車，一見有人站在路邊，便都過來兜攬生意：「公子，要坐馬車嗎？」

年輕人看了看那幾個馬車夫，對其中一個五十來歲、外表慈祥的伯伯說：「老伯，就勞煩你送這小姑娘去上郡！」

「好，謝謝公子！」老伯伯高興地說。

年輕人掏出一錠銀子，交給老伯伯。老伯伯一看，慌忙搖手說：「公子，不用這麼多。」

年輕人說：「多出的是賞你的。請你務必把這小姑娘平安送到目的地。」

老伯伯一疊聲說謝謝，然後說：「公子，您放心好了，我一定會把小姑娘平安送到的。」

年輕人滿意地點點頭，又對小嵐說：「那我們就此別過。小嵐，上車吧！」

小嵐說：「秦大哥，小嵐在此謝過。後會有期！」

年輕人朝小嵐揮揮手，說：「小嵐姑娘，後會有期！」

# 第三章

# 蝴蝶效應

　　秦大哥看人還挺會挑人的，趕車的老伯伯果然是個好人，一路上對小嵐照顧有加，而且還熱心地回答小嵐的各種問題。儘管有些問題在老伯伯看來稀奇古怪的，但他還是一一回答了。

　　從老伯伯那裏，小嵐打聽到了，現在是公元前二一零年六月。

　　據歷史記載，秦始皇此時正進行他的第五次南巡，因為生病，車隊正在返回首都咸陽。但沒能如願，七月份他便在沙丘去世。趙高和李斯就是在秦始皇去世後，假傳聖旨，害死扶蘇和蒙恬的。

　　是想辦法救這兩個人，還是只作一個歷史的旁觀者？

　　說老實話，對於扶蘇和蒙恬，一個是才德兼備的賢人，一個是忠勇無比的將軍，他們被奸人所害、含冤枉死一直很令小嵐痛惜。能有機會救他們，也是小嵐很想做的事。

　　但是這樣做的後果，會改變歷史，會引起一連串

的連鎖反應，甚至……小嵐不敢想下去了，先找到曉晴曉星再説吧！

不知過了多長時間，老伯伯撩開車廂的布簾，對小嵐説：「小姑娘，到上郡了。這裏要通過一個狹窄的市集，馬車不能進，我只能送你到這裏了。」

小嵐下了車，見到前面的市集店舖林立，人來人往。小嵐問：「伯伯，這裏離蒙家軍的駐地遠嗎？」

「不遠。走出市集，再往左拐，穿過一個小樹林，便可以見到蒙家軍高高豎起的旗幟。」老伯伯用手指了指方向，又問，「小姑娘，你是去軍營尋親的吧？」

小嵐隨口答道：「是的，我哥哥在那裏。」

「蒙家軍全是英勇的保家衛國好男兒啊，小姑娘，你應該為你哥哥感到驕傲。」老伯伯一臉敬仰地看着小嵐，好像她就是蒙家軍的人。

小嵐曾經從史書上得知蒙恬軍隊驍勇善戰，現在見到連一個馬車夫都如此仰慕，心裏更相信了。

老伯伯從身上掏出一個小布包，往小嵐手裏一塞，説：「剛才那公子給一錠銀子太多了，我不能要，這是找給你的碎錢。我走了！」

老伯伯接着把鞭子一揮，嘴裏「駕」地喊了一聲，馬就跑起來了。

這錢是秦大哥賞給伯伯的啊，自己怎可以要呢！

小嵐急忙追了上去：「伯伯，伯伯，您等等，等等！」

但是馬車越走越快，漸漸看不見了。

小嵐只好停住腳步。打開小布包一看，裏面有一把外圓內方的銅錢。小嵐心想，自己拿了秦大哥給伯伯的賞錢，還真是有點不好意思。但是，說實話，在目前身無分文的情況下，這錢也是幫了自己大忙呢！

伯伯啊伯伯，你真是個好人啊！

市集挺熱鬧的，兩邊開了很多店舖，賣米的、賣布的、賣古董的、賣藥的，應有盡有。路兩旁也有一些臨時攤檔，多是賣菜、賣熟食和賣小商品的。

小嵐摸摸肚子，也有點餓了，心想不如先去買點吃的，然後再在附近找曉晴他們。

聞到前面飄來蒸餅的香味，小嵐便向前走去，突然聽到有把女人粗粗的聲音在罵人：「你快走開，用一張畫片就想換我的蒸餅，真是異想天開！」

又聽到一把男孩子的聲音：「大嬸，這不是畫片，這是錢，港幣二十塊錢！二十塊錢港幣換兩個蒸餅，你賺了！」

女人又說：「這東西是錢？小子，你別把我當傻瓜！要吃拿錢來，一個錢十個蒸餅！」

小嵐一聽，就知道這男孩子聲音的主人，就是死纏賴活的曉星無疑。

小嵐趕緊跑了過去，一看，那個拿着一張紙幣盯着蒸餅流口水的男孩子，不是曉星是誰？！

　　「曉星！」小嵐高興地大喊了一聲。

　　男孩子一扭頭，也驚喜地喊了起來：「小嵐姐姐！」

　　兩個人抱在一起，又跳又叫。

　　小嵐說：「哎呀，找不見你們，真擔心死我了。」

　　曉星說：「小嵐姐姐，你有錢嗎？來到這裏後，我一點東西都沒吃過呢！我好餓！」

　　小嵐趕緊打開小布包，拿出一枚銅錢遞給賣蒸餅的女人：「來十個。」

　　那女人接過銅錢，在曉星面前揚了揚，說：「小子，你看清楚點，這小姑娘給的才是錢，你別再拿那破畫片騙人了。」

　　女人說着拿塊芭蕉葉子包了十個熱氣騰騰的蒸餅，遞給小嵐。

　　曉星伸手拿了個蒸餅就吃，把兩腮塞得鼓鼓的，就像隻小猴子。

　　小嵐問：「曉晴呢？她沒跟你在一起？」

　　曉星趕緊把嘴裏的東西嚥下去：「姐姐她……她餓得走不動了，在那邊樹下坐着。我帶你去找她。」

　　說完，又抓了一個蒸餅塞進嘴裏。

小嵐跟着曉星走出市集，走到一個僻靜的小樹林裏。遠遠見到一個人靠在樹上，半死不活的樣子，正是曉晴。

曉晴顯然是聽到腳步聲，扭頭一看，馬上尖叫起來：「啊，小嵐！」

她想爬起來，但好像沒力氣，腳一軟又坐回樹底下。

小嵐跑到曉晴面前，曉晴一見小嵐手裏拿着的蒸餅，便不顧儀態地一把抓了一個，狼吞虎嚥吃了起來。

小嵐肚子也餓了，坐到曉晴旁邊，也拿了個蒸餅慢慢吃着。

曉星一口氣吃了四個，還想吃，被小嵐狠狠打了他的手一下，他才嘟着嘴縮回手。曉晴平日飯量少，但這回可能實在太餓了，也一口氣吃了三個才停了手。

小嵐吃了兩個，見到曉星看着自己手中最後一個蒸餅流口水，便把手往他面前一伸：「吃吧，饞貓！」

「謝謝小嵐姐姐！」曉星拿起蒸餅就要往嘴裏塞，但突然又停住了，「小嵐姐姐，你才吃了兩個呢！這蒸餅還是你吃吧！」

小嵐説：「你吃吧，我之前吃了點東西了。」

曉星懷疑地看着小嵐：「真的嗎？你沒騙我？」

小嵐說：「沒有沒有，你快吃吧！」

「啊！」曉星高興地張開大嘴，幾下就把蒸餅「消滅」了。

「小嵐姐姐，這秦朝的蒸餅還滿好吃呢！」他摸摸肚子，說，「小嵐姐姐，你不是還有錢嗎？可不可以再買十個。」

小嵐瞪了他一眼：「你已經吃了五個蒸餅了，還不夠？！其實我的錢也不多，還得留着慢慢用呢！」

曉晴說：「哎，小嵐，你也太厲害了，怎麼剛到秦朝，就連秦朝的錢也有了。」

小嵐說：「因為我遇到了一個好人……」

小嵐一五一十，把遇到秦大哥的事一一說了。

曉晴說：「怪不得萬卡哥哥老說你是小福星呢，你也太好運氣了！唉，我和曉星就慘了。」

曉星搶着說：「是呀，我們掉到一個水塘裏，弄了一身泥巴。沒辦法，只好去偷了一戶農夫晾在門前的衣服，但又被人發現了，被一個大個子追。我們好不容易才逃掉了。」

小嵐說：「誰叫你們偷人家東西！做了小賊，就要受點懲罰。」

曉晴苦着臉說：「我們受到的懲罰可太大了。我們只顧逃命，慌不擇路，跑了很遠很遠，停下來時，

一問人，原來我們走了跟上郡相反的路。結果我們多走了很多冤枉路，又餓又累的，剛到這裏不久呢。」

「我看你們也是活該！」小嵐一點沒有表示同情，反而開始興師問罪了，「我問你們，為什麼不經商量就開啟了時光機？！」

曉晴大呼冤枉：「不關我事，是曉星闖的禍！」

小嵐氣呼呼地看着曉星：「我就猜是你！」

曉星嚇得脖子一縮：「我……我……我以為你們都同意、同意穿越時空來秦朝救公子扶蘇和蒙恬將軍。」

曉晴拉拉小嵐的袖子，替弟弟説情：「小嵐，既來之，則安之吧！如果我們真能救了公子扶蘇和蒙恬將軍，也是做了一件好事啊！」

「你們以為事情就那麼簡單嗎？」小嵐歎了一口氣説，「你們知道什麼叫『蝴蝶效應』？」

曉星説：「我知道！我在書上看到過。『蝴蝶效應』理論是美國數學與氣象學家羅倫兹在一九六三年提出的。大概意思是：一隻南美洲亞馬遜河流域熱帶雨林中的蝴蝶，偶爾搧動幾下翅膀，可能在兩周後引起美國德克薩斯發生一場龍捲風。因為蝴蝶翅膀的搧動，導致牠身邊的空氣系統發生變化，並引起微弱氣流的產生，而微弱氣流的產生又會引起牠四周空氣或其他系統產生相應的變化，由此引起連鎖反應，最終

導致其他系統的極大變化。」

小嵐説：「沒錯。簡單來説，事物發展的結果，對初始條件具有極為敏感的依賴性，初始條件的極小偏差，將會引起結果的極大差異。一件極其細微的小事，都可能引發很大的後果。」

曉晴説：「哦，我明白了。小嵐你是想説，如果我們救了公子扶蘇和蒙將軍，那秦朝接下來的歷史就會發生極大改變。如果扶蘇做了皇帝，那很有可能秦朝就不會只有十多年江山，那中國歷史上就不會有劉邦，就不會有漢朝，接着⋯⋯」

小嵐説：「曉晴，你説對了。有可能中國歷史上的唐代宋代元代明代清代全都沒有了，而代替的是X代Y代Z代等等。有可能出現多幾個秦王漢武或者康熙乾隆等的偉大帝王，令中國發展更快更好；但也有可能出了很多夏桀、紂王等的暴君，那中國的歷史發展就不堪設想了⋯⋯」

曉星眼睛睜得大大的：「啊，這個我真沒想到呢！」

小嵐説：「所以，救扶蘇和蒙恬，跟救一個小老百姓不同，小老百姓對歷史的影響不會太大，而救扶蘇他們則會影響一個朝代，然後一直影響下去，直至二十一世紀我們的那個年代。所以，我們絕不能輕舉妄動。」

曉晴說：「小嵐，你說得對。不過，我們既然來了，就留一段日子，看情況如何再決定怎樣做，好不好？」

　　曉星說：「贊成！我很想見見蒙恬將軍，我想要他的簽名！」

　　曉晴說：「我想見公子扶蘇！哦，我的偶像！」

　　小嵐瞅着那兩姐弟，揶揄地說：「哦，那要不要成立一個什麼『迷』會呀！」

　　誰知曉晴和曉星異口同聲喊起來：「啊，這建議太好了！」

　　兩個人真的熱烈討論起來。曉星說：「蒙恬姓蒙，取個諧音，就叫『萌迷會』好了。啊，這名字真好，好萌啊！」

　　曉晴說：「我這個就叫……叫『蘇粉會』！蘇粉，公子扶蘇的粉絲！」

# 第四章

# 神仙哥哥

曉星說：「小嵐姐姐，其實剛才我們已經去過蒙家軍的軍營了。」

小嵐睜大眼睛：「啊，那你們見到公子扶蘇和蒙將軍了嗎？」

曉晴沮喪地說：「沒有呢。在軍營門口就被截住了，不讓進。」

曉星說：「我本來急中生智說是蒙將軍的朋友，但守門的士兵一點不信。還說公子扶蘇和蒙將軍都不在，出去了。」

小嵐瞅了瞅蓬頭垢面、活像個小乞丐的曉星，說：「換了我也不信。」

曉星委屈地說：「小嵐姐姐，你……」

小嵐說：「好啦好啦，或者他們倆真的出去了呢！我們現在再去一趟，看看他們回來了沒有。」

三人興沖沖地朝蒙家軍營地走去了。

果然像馬車夫所說，穿過了小樹林，就看到蒙家軍的軍旗高高飄揚。曉星說：「你們在這裏等着，我

先去碰碰運氣！」

　　他三步併作兩步跑到軍營門口，問守大門的衛兵：「兵哥哥，請問公子扶蘇和蒙將軍回來了沒有？我要進去找他們。」

　　衛兵說：「小孩，別胡鬧了，你還是走吧！我們蒙家軍是軍事重地，豈是你們小孩子能進的。再鬧，把你當奸細辦！」

　　曉星撅着嘴跑回小嵐和曉晴身邊：「他們還是不讓進。」

　　小嵐說：「想進去不難，我們來演一場戲……」

　　曉星說：「演戲？你是說，我們演戲給他們看，請他們讓我們進去？沒問題啊，我們不是都參加了學校的話劇社嗎？我也有點技癢了。演什麼？演莎士比亞的《威尼斯商人》好不好？」

　　小嵐說：「什麼《威尼斯商人》，是《曉星軍營昏倒事件簿》！」

　　曉星瞪大眼睛：「什麼？」

　　曉晴拍了弟弟一下，說：「笨蛋，小嵐是讓你在軍營門口裝作昏倒，衛兵為了救你，就有可能把你抬進去。」

　　「啊，不行不行！」曉星一聽連忙搖頭。

　　曉晴說：「為什麼不行？你不是想見蒙將軍嗎？」

曉星說：「可是，讓蒙將軍看見我病歪歪的窩囊樣，那多沒臉！我想帥帥地出現在他面前。」

　　小嵐說：「那你是想這次穿越時空白跑一趟了？好，那我們回去吧，時光機侍候！」

　　曉晴和曉星一齊說：「不！」

　　曉晴氣急敗壞地對弟弟說：「裝一下昏倒有什麼嘛！要是見不到我偶像，我跟你沒完！」

　　曉星委屈地扁着嘴：「那你們為什麼不裝？偏要我裝？」

　　說話間，忽然聽到有馬蹄聲由遠而近，小嵐說：「肯定是有人回兵營了，曉星，你不是喜歡騎馬嗎？你昏倒了，這騎馬的人會用馬把你載進去的。」

　　曉星還想說什麼，早被兩個姐姐使勁一按，把他按倒在地。曉晴說：「快閉上眼睛！他們來了！」

　　曉星身體不能動，但仍不肯閉上眼睛，說：「好吧，昏倒就昏倒，不過等會要給我買五個蒸餅。」

　　小嵐生氣了：「饞嘴貓，你威脅我！快閉上眼睛，那些人快到了。」

　　誰知道曉星還是大睜着眼睛：「不閉。五個蒸餅！」

　　「好，等會給你買！」小嵐無奈地答應了，又狠狠補了一句，「五個蒸餅，撐死你！」

　　曉星得意地扮了個鬼臉，把眼睛閉上了，直挺挺

地躺在地上。

小嵐和曉晴馬上發揮她們的演戲天分，一人拉着曉星一隻胳膊喊起來。

「曉星，你醒醒！嗚嗚嗚……」

「曉星，你不能死啊！哇哇哇……」

時間剛剛好，幾匹馬已來到面前，馬上三個人跳下地，見到兩個小姑娘呼天搶地的，忙過來看發生了什麼事。

小嵐一看，為首一人約三十歲，臉相英武威嚴，身材高大魁梧，身穿帥氣的將軍服，想是蒙家軍一員大將。後面兩人看打扮是士兵。

小嵐裝出一副傷心樣子：「將軍，我弟弟昏倒了，請你救救他！」

將軍低頭看看曉星，回頭叫一士兵：「快，把他背進軍營，叫大夫看看。」

小嵐朝曉晴打了個眼色，曉晴忍住笑，對着將軍打恭作揖：「謝謝將軍救命之恩。」

將軍說：「不用謝。你們隨我來！」

小嵐拉着曉晴，曉星舒服地趴在士兵背上裝死，三人終於進了蒙家軍大營。

一路上見到許多士兵在操練，只見隊伍整齊，士氣旺盛，蒙家軍果然名不虛傳。

將軍一直把他們帶進了一間屋子，裏面放着許多

瓶瓶罐罐，發出一陣陣濃烈的中藥氣味。幾名大夫正在忙着，一見將軍進來，便停下手中工作，朝將軍行禮：「蒙將軍！」

蒙將軍？！小嵐心裏一驚，原來眼前的就是大名鼎鼎的蒙恬。她跟曉晴交換了一下眼神，曉晴在她耳邊小聲説了一句：「沒想到蒙恬這麼年輕這麼帥氣。天哪，我好喜歡他啊！」

小嵐説：「哼，真善變！你不是喜歡公子扶蘇的嗎？這麼快就移情別戀了！」

曉晴扭着身子説：「他真是很帥，很令人心動嘛！」

士兵把曉星放在一張牀上，蒙將軍吩咐大夫：「這位小兄弟剛才昏倒了，你快給看看。」

「是，將軍。」

大夫讓士兵把曉星放在一張木板牀上，然後細心地給他把脈，又翻開他的眼皮看了看。他直起腰，對蒙將軍説：「將軍，這孩子沒什麼大礙，休息一下便沒事了。」

「沒事就好。」蒙將軍轉身對小嵐和曉晴説，「你們弟弟沒事，你們放心吧！」

小嵐剛要説什麼，被曉晴搶了先，她一臉仰慕地看着蒙將軍：「謝謝蒙將軍。蒙將軍你真是個大好人。」

蒙將軍説：「區區小事，何足掛齒。等會我讓人把你們送到隔壁病員休息室，你們可以在那裏等弟弟醒來。我想你們也餓了吧，我會叫人送些吃的給你們。」

蒙將軍招來兩個士兵，吩咐了幾句，然後朝外面走去。曉晴一見，着急地叫道：「蒙將軍，你要走了嗎？蒙將軍，你別走！」

蒙將軍轉身，一臉疑惑地看着曉晴。

小嵐忍不住在心裏罵了一句：「真花癡啊！」

她趕緊對蒙將軍説：「噢，對不起。我妹妹怕你不在，別人會欺負我們。」

蒙將軍笑了：「放心。蒙家軍將士從不欺負弱小。我有要事要辦，失陪了，等會有人送你們回家。」

曉晴還在死纏：「蒙將軍，你別走，別走嘛！我……」

小嵐怕曉晴再説些什麼失禮的，忙打斷了她的話，對蒙將軍説：「蒙將軍，真對不起。你忙去吧，別耽誤了你的正事。」

蒙將軍點點頭，轉身走了。曉晴還不肯罷休，還在喊：「蒙……」

小嵐一把捂住了她的嘴：「住嘴，可惡的花癡女！」

兩個士兵把小嵐三人安頓在隔壁房間，等士兵一走，曉星就從牀上跳了起來：「唉，悶死我了！原來裝病一點也不好玩。剛才那個是蒙將軍嗎？都怪你們讓我裝暈，我想睜眼看一眼蒙將軍都不敢呢！蒙將軍一定長得英俊瀟灑、八面威風吧？」

　　小嵐說：「蒙將軍長得帥不帥，問你姐姐吧，她一直眼巴巴看着人家呢！」

　　曉星看着曉晴：「真的嗎？姐姐，你怎眼巴巴看着我的偶像？」

　　曉晴如在夢中，癡迷地說：「蒙將軍真的好英俊、好英俊、好英俊啊！」

　　曉星很不滿：「姐姐，我還沒看我的偶像一眼呢，就讓你看了，虧了虧了！」

　　曉星忽然想起了什麼：「小嵐姐姐，你欠我五個蒸餅，我現在就要吃！」

　　小嵐兇巴巴地瞪着他：「欠你個頭。沒有！」

　　「哦，小嵐姐姐，你耍賴！」

　　「什麼耍賴？你剛才乘人之危，沒義氣，我還想跟你算帳呢！」小嵐伸出兩隻食指，「看，『咯吱』侍候！」

　　「啊，救命！曉晴姐姐救命！」曉星最怕咯吱了，急忙躲到曉晴背後。

　　曉晴似乎還陷在剛才的話題中，嘴裏喃喃自語：

「蒙將軍真帥，真帥！」

曉星見小嵐的指頭已不懷好意地向他接近，慌得吱溜一下鑽進了牀底下。

正在這時，一個士兵捧着一盤熱氣騰騰的蒸餅走進來。士兵朝小嵐笑笑，把蒸餅放在桌子上便走了。

小嵐拿起一個蒸餅，咬了一口：「哇，多好吃的蒸餅啊！香噴噴，熱騰騰！」

「嗖」的一聲，曉星從牀底下鑽出來了，在一邊發呆的曉晴也跑過來，一人拿起一個蒸餅便啃起來。曉星邊吃邊說：「這蒸餅沒市集上賣的好吃。小嵐姐姐，你欠我五個蒸餅！」

小嵐眼睛一瞪，恐嚇道：「再提五個蒸餅，看我咯吱侍候！」

曉星扁了扁嘴，小聲嘀咕着：「小嵐姐姐什麼時候也學會強權了。」

曉晴此時突然蹦了一句：「我就是不走，死也不走！我要等蒙將軍回來。」

原來這傢伙還在想着蒙將軍呢！

過了一會兒，剛才送蒸餅的士兵進來了，他說：「三位，蒙將軍吩咐了，讓我送你們回家。你們家在哪裏？」

曉晴說：「我們不走，我們要等蒙將軍！」

曉星也說：「對，我們等蒙將軍！我要看看我的

偶像！」

「偶像？」士兵困惑地看看曉星，又看看曉晴，然後說，「三位對不起，蒙將軍吩咐了，這裏是軍營，你們不能留在這裏。走吧！」

曉晴見到士兵毫無商量餘地，只好使出她的絕技了，不知她的眼淚為什麼來得這麼快，眨眼間就淚流滿臉，邊哭邊喊着：「不要逼我們走，我們是孤兒，無家可歸，你讓我們上哪裏去。」

曉星也一起湊熱鬧，往眼睛下面沾了口水，張大嘴巴號叫起來：「是呀是呀，我們家三代貧民四代乞丐，好慘的呀！」

小嵐站在一邊看着，心想這兩個傢伙當演員的話，一定拿奧斯卡最佳男女主角獎。

那士兵是個老實人，一見如此陣仗便慌了手腳：「哎呀，你們別哭，你們別哭嘛！」

正在這時，屋外傳來一把聲音：「什麼人在此哭鬧？」

那聲音，柔和渾厚，不怒而威，令人不敢輕視。屋裏馬上安靜了下來，所有眼光「唰」地望了過去。只見來人身高起碼一米八，臉如冠玉、目若朗星，一身白色深衣被風一吹，飄飄揚揚，豐神俊朗。

「啊～～」從曉晴嘴裏發出古怪的顫音，「神仙哥哥～～」

小嵐也吃了一驚，竟然是他！

　　究竟小嵐在這兩千年前的秦朝見到了什麼熟人呢？原來這白衣男子就是之前她救了他，而他又幫了她的年輕人！

　　年輕人這時也看到小嵐了，眼裏露出一陣驚喜。這時，那士兵朝年輕人行了個禮，喊了一聲：「扶蘇公子！」

　　「啊，扶蘇公子？！」小嵐和曉晴曉星一起喊了起來。

　　天哪，原來眼前這花樣美男，就是兩千年來感天動地，多少人為之惋惜的公子扶蘇！

# 第五章
# 和古人共進晚餐

　　小嵐三人被扶蘇作為上賓請到了公子府。

　　曉晴兩眼放光芒，眼珠一直跟着扶蘇轉。大概她已把蒙將軍忘到九霄雲外了。

　　本來異性相吸可以理解，但扶蘇的魅力竟把曉星也吸引過去了。姐弟倆圍着他團團轉，扶蘇哥哥長，扶蘇哥哥短的。

　　扶蘇公子見三個孩子都髒兮兮的，忙叫僕人找來合適衣服，讓他們沐浴更衣。

　　小嵐最先收拾好回到客廳，她穿了一身粉綠色鑲白邊的深衣，那是扶蘇的妹妹月陽公主早前來探哥哥時留下的。

　　秦代深衣是直筒式的長衫，把衣、裳連在一起包住身子，分開裁但是上下縫合，因為「被體深邃」而得名。通俗地說，就是上衣和下裳相連在一起，用不同色彩的布料作為邊緣；其特點是使身體深藏不露，雍容典雅。

　　現代美女公主馬小嵐身穿秦代衣服，闊大的袖

子、曳地的裙裾，那樣的美麗大方，清麗典雅，豈是秦時美女所能及的。公子扶蘇眼睛停在小嵐臉上好一會沒離開。作為王室貴冑，他什麼樣的美女沒見過，但是，他就真沒見過像小嵐這種氣質的美女。

小嵐笑了笑，説：「扶蘇大哥，謝謝你收留我們。」

扶蘇這才察覺自己有點失態，慌忙説：「小嵐姑娘何出此言。之前多虧你救我一命，因為趕着前往辦事，也沒有好好感謝姑娘。現在再次遇上，實是老天安排，讓我好好報答救命之恩呢！」

小嵐説：「扶蘇大哥太客氣了，我只是做了一件應該做的事罷了。還有，你以後別叫我姑娘好不好，叫我小嵐吧，我家人朋友都這樣叫的。」

「好，我以後就叫你小嵐。」扶蘇又説，「之前沒有説出真實身分，請你原諒。」

小嵐笑道：「出門在外，為安全起見不想暴露身分，我明白的。」

「謝謝小嵐體諒。」扶蘇又問，「對了，剛才隱約聽那兩個孩子哭訴，説是無家可歸，究竟你們來自何方，你們家的大人呢？」

小嵐當然不能説他們是從兩千年後來的，便説：「是這樣的，曉晴和曉星是我的表親，我們都是齊國人。之前連年戰爭，我們家的大人都失散了，只剩下

我們三個人相依為命，四處飄泊。」

扶蘇歎了口氣：「可憐的孩子。這樣吧，如果你們不嫌棄，就暫時在我這裏落腳吧！以後你們找到親人了，我再送你們回去。」

小嵐説：「謝謝扶蘇大哥，那我們就恭敬不如從命，暫時在這裏叨擾一下。」

扶蘇一聽很歡喜，馬上叫來管家：「昌伯，你馬上收拾好三間客房，讓客人住。」

昌伯答應着，又問了一句：「請問公子，今晚您宴請蒙將軍，那三位小客人是否一齊？」

扶蘇説：「當然。」

這時，曉晴和曉星也換好衣服出來了。兩人脱下剛才那套髒兮兮的破衣裳，換上扶蘇府的貴族服飾，打扮得美美的、帥帥的。只是曉星活蹦亂跳慣了，被長長的衣裾絆了一下，差點跌跤。

聽到等會跟蒙將軍一起吃晚飯，幾個孩子都很高興。跟兩位古代英雄豪傑一起吃飯，試問二十一世紀有誰能有此機會啊！

一會兒，管家昌伯進來，説是晚膳時間到了。扶蘇説：「蒙將軍也該來了，我們去大廳等他吧！」

大廳裏早擺了五張長方形桌子，正面一張，那是主人扶蘇的位置。下面左右各兩張，是客人的位子。當下扶蘇落座，管家又安排小嵐坐在扶蘇左邊第一

個位子，曉晴挨着她坐，曉星就安排在右邊第二個位子。

曉星素來多古怪，他拿起面前的盛着酒的器皿，左看看右看看的：「哇，這隻杯子真好看！」

「杯子？」扶蘇用奇怪的眼神看着曉星。

秦朝時，杯子不叫杯叫「樽」呢！

小嵐忙掩飾說：「曉星小時候很奇怪，喜歡用自己的語言去命名東西，他愛把樽叫成『杯子』，長大了也改不了。」

扶蘇笑道：「杯子？真有趣！」

這時僕人來報：「公子，蒙將軍來了。」

扶蘇忙說：「請他進來。」

蒙將軍大步流星走了進來，氣宇軒昂，一派軍人氣概。跟扶蘇行過禮，他有點錯愕地看着飯廳裏的三個孩子。

之前他們衣衫襤褸又髒髒的，現在梳洗後換上新衣服，幾乎變了模樣，弄得蒙恬一時都認不出他們。

曉星高興地朝蒙恬喊着：「蒙恬大哥，你不認得我啦？我就是剛才昏倒在軍營門口的那個帥男孩……」

蒙恬有點吃驚：「啊，是你們！怪不得很眼熟！你們怎麼跑到公子府來了？」

「是我把他們請來的。」扶蘇請蒙恬入座，又

説，「蒙兄，剛才我不是跟你説過，出去辦事時半路上險遭暗算，幸好有一小姑娘出手相救的事嗎？沒想到回來竟遇上救命恩人。這小嵐就是那位救我一命的小姑娘呢！」

「啊，原來你就是公子的救命恩人！」蒙恬趕緊起身，向小嵐行禮，「多謝小嵐姑娘。」

小嵐起立答禮：「扶蘇大哥和蒙將軍言重了，路見不平，拔刀相助，小事一椿而已。」

「小嵐姑娘年紀小小，卻有俠義心腸，實在難得。」蒙恬拿起面前的樽，高舉説，「我蒙恬平生最重英雄。來，我就代表秦國老百姓敬小嵐姑娘一杯，感謝小嵐姑娘救了我們的公子扶蘇！」

小嵐急忙拿起樽，笑説：「蒙將軍客氣了。」

蒙恬將軍一仰頭，喝乾了酒，小嵐把樽放在嘴邊，禮貌性地抿了抿，就放下了。

曉星拿着樽跑到蒙恬身邊，説：「蒙大哥，你是我仰慕的古代大英雄，我是你的粉絲呢，我敬你一樽！」

「古代？粉絲？」蒙恬有點奇怪，問道，「是什麼意思？」

扶蘇哈哈大笑，説：「蒙兄有所不知，曉星很喜歡説些奇怪用詞呢，你別管他就是。」

「哦，這小子真有趣！」蒙恬拿起酒壺，把樽斟

滿，對曉星說，「來，乾！」

　　說着，仰頭又一飲而盡。曉星也學着他，把酒往嘴裏一倒。

　　「哇！」曉星被酒嗆得咳個不停。雖然古代用糧釀酒，酒精度數很低，跟啤酒差不多，大約只有十度，但對於不會喝酒的小孩子來說已經很厲害了。

　　扶蘇趕緊喚僕人給曉星倒些水來。

　　曉星喝着水，才覺得好了點。

　　蒙恬看着曉星，說：「秦人都好酒量，連幾歲的娃娃都能喝呢，你這小子怎麼這樣差勁！」

　　扶蘇說：「蒙兄，他們仁不是秦國人呢！」

　　扶蘇把剛才小嵐跟他說的都告訴蒙恬了。

　　「哦，原來你們是齊國人。小小年紀就和親人失散，真是可憐！你們就放心住在秦國好了，有困難蒙大哥幫你們。」

　　小嵐說：「謝謝蒙將軍。有你和扶蘇大哥，我們不用再流浪了。」

　　小嵐見曉晴一直沒吭聲，扭頭一看，原來這傢伙，一副花癡樣，正不眨眼地看着扶蘇呢！

　　真失禮！小嵐從桌上的水果盤裏拿了一個棗子，朝曉晴扔過去，正中她肩膀。曉晴嚇了一跳，才把目光從扶蘇身上收回。

　　曉晴發現曉星在向蒙恬敬酒，這倒提醒她了，她

趕緊端着樽，跑到扶蘇面前。偏偏到了帥哥面前，她不好好敬酒，而是又犯暈了，她神魂顛倒地盯着扶蘇：「天啊～扶蘇大哥，你比電視裏看還上鏡……」

曉星聽了，哈哈大笑說：「姐姐，你真傻！電視上那個是藝員，不是真的扶蘇大哥。」

曉晴瞪她弟弟一眼，說：「我當然知道！我意思是說，電視上扮演扶蘇大哥的藝員沒扶蘇大哥帥！」

小嵐見到扶蘇和蒙恬聽得糊里糊塗，便笑道：「你們別介意，他們兩姐弟都犯同一個毛病呢！」

這時候，僕人們上菜了，每人桌上都放了四盤熱氣騰騰的食物，扶蘇說：「家中飲食一向從儉，今天為了款待小客人，讓廚房多準備了兩樣。肥羊燉、清蒸魚、秦苦菜、厚蒸餅，各位請慢用。」

曉星向來對食物最捧場，扶蘇話音剛落，他就拿起筷子去挾了一大塊燉羊肉，塞進嘴裏。

「哇，好吃好吃！味道好，煮得又爛。」他一邊吃一邊舉着大拇指。

小嵐和曉晴也不客氣了，因為這天他們就只吃了幾個蒸餅。菜很清淡，但味道很鮮。

曉星吞下羊肉，又去嚐魚，還有菜：「媽呀，樣樣都好吃極了。這魚呀、肉呀、菜呀，怎麼都比二十一世紀的鮮美！」

曉晴說：「這還用問嗎？秦朝的人不會給菜施化

學肥料，也不會給家禽餵增肥素，也沒有人污染水源，這都是零污染的肉和菜呢！」

兩個傢伙在兩千年前的古人面前高談闊論，大談食物污染問題，幸好扶蘇和蒙恬都接受了他們喜歡「生造詞語」的說法，已是見怪不怪，只是笑眯眯地聽着。

小嵐怕他們説多了真會露了餡，便用眼睛去瞪他們：「你們兩位吃飯好不好！説點別的。」

曉晴曉星吐吐舌頭，不出聲了。

曉星吞了幾大塊羊肉之後，又憋不住了，説：「蒙大哥，我知道你射箭很厲害，能百步穿楊。我想看你真人表演，你有時間嗎？」

蒙恬説：「呵呵，小子，你怎麼知道我射箭厲害？」

曉星説：「我當然知道！你那次和你弟弟蒙毅比賽，射了二十箭，箭箭中紅心。哇，人人喝彩，掌聲驚天動地，隔了一座山都聽到。」

蒙恬拿着樽的手停在半空，眨着眼睛，好像在努力地回憶曉星講的事情究竟發生在何時。

小嵐知道曉星這傢伙又錯亂了，把電視劇裏的故事當成真的，便插嘴説：「蒙將軍，你射箭了得是公認的，我也想一睹你了不起的箭術呢！」

蒙恬笑着説：「好好好，小嵐姑娘想看，蒙恬恭

敬不如從命。」

曉晴不甘寂寞：「我知道扶蘇大哥騎馬也很厲害，我要扶蘇大哥教我騎馬！」

一直含笑看着他們說話的扶蘇爽快答應：「好啊，沒問題。過幾天有空，就帶你們去騎馬、射箭……」

這時候，管家昌伯在門口探了一下頭，見飯廳裏的人相談甚歡，便又縮回去了。扶蘇見了，大聲問道：「昌伯，有事嗎？」

昌伯走了進來，一直走到扶蘇身邊，小聲說：「公子，送去承恩村的糧食都點算好了，車隊明天一早就可以出發。可是……」

扶蘇見昌伯吞吞吐吐的，便追問：「可是什麼？」

昌伯說：「府中剩下的食糧已經不多了，可能支持不到月底朝廷發放俸祿，是否這次少送點？」

扶蘇堅決地搖頭：「不行，按原來數量送。那村子裏很多老弱病殘，大多沒有勞動能力，糧食送少了，他們會捱餓的。府裏的食糧嘛，你不用擔心。」

扶蘇從腰間除下一個玉珮，交給昌伯：「這玉珮應該很值錢，你拿去市集那間『全旺』玉器舖賣了吧，這樣府中的糧食就有着落了。」

昌伯沒有接，傷感地說：「公子，您值錢的東西

都拿去換糧食了，就只剩下您身上這個羊脂白玉珮。這玉珮可是老夫人留給你的唯一紀念啊！我怎忍心拿去換錢。」

扶蘇硬把玉珮塞到昌伯手裏，說：「你按我說的辦就是！母親在天之靈知道我是為了幫人，也不會怪我的。」

「是！」昌伯只好接過玉珮，低着頭走出了大廳。

曉星和蒙恬正在興致勃勃地講射箭呀什麼的，曉晴只顧看着扶蘇發白日夢，所以都沒聽到扶蘇和昌伯的對話，只有小嵐聽到了。

啊，原來公子扶蘇就是山有公子，就是承恩村村民的救命恩人！

公子扶蘇的名字來自《詩經》，「山有扶蘇，隰*有荷華……」自己怎麼就沒想到山有公子就是公子扶蘇呢！

小嵐很感動。公子扶蘇雖然沒法制止父親停止焚書坑儒，但卻用自己微薄的力量，去幫助儒生的家人。真是個善心人啊！

* 隰：粵音習，低下的濕地。

# 第六章

# 要不要拯救你，
# 我的扶蘇大哥！

晚飯後，扶蘇公子讓管家安排小嵐三個人休息，讓他們每人住一個房間。

小嵐在女僕的引領下進了自己臥房。因為已是晚上，桌上和幾張几案上都擺放着蠟燭，燭光雖然遠沒有電燈亮，但幽暗中卻別有一番情趣。

小嵐發現房間內有一列書架，這令她很高興。把女僕打發走後，她便走到書架前面，抽了一卷出來。秦代還沒有紙張，所以字都寫在竹簡上，竹簡拿在手上沉甸甸的，小嵐便走到書案前坐下了，把竹簡放在書案上看。

秦統一前文字很複雜，由於歷史和地域以及文化背景的不同，齊、楚、燕、韓、趙、魏、秦七個國家，每個國家的文字都不一樣。秦始皇統一七國後，推行「書同文」，由宰相李斯負責，在秦國原來使用的大篆的基礎上進行簡化，取消其他六國的異體字，

創製了統一的文字——漢字書寫形式，還把這種文字叫做「小篆」。小篆一直在中國流行到西漢末年，才逐漸被隸書所取代。

小嵐正在看的竹簡，上面的文字就是小篆。

小嵐的父母是考古工作者，熟悉各種古文字。小嵐耳濡目染，對小篆也略懂一二。竹簡上寫的應是兵法，小嵐覺得很有趣的，正專心地看着，忽然聽到「咿呀」一聲，有人推門而進，搧起的風把燭火吹得閃呀閃的。

小嵐抬頭一看，是曉晴。便說：「還不睡覺，跑來幹什麼？」

曉晴笑嘻嘻地說：「我擔心你一個人怕黑，來陪陪你。」

小嵐說：「哼，說得好聽！要真是怕黑，那也該是你吧！」

曉晴嬉皮笑臉地說：「嘻嘻，留點面子，別說穿好不好？」

小嵐又低頭看着：「你自己上牀睡吧，我看會兒書。」

曉晴說：「這麼早，哪睡得着？要是在現代，這個時間，我們還可以去看場電影呢！小嵐，我想跟你說說話，好不好？」

小嵐頭也不抬：「不好！」

「哎呀，小嵐，就說一會兒，就一會兒嘛！」曉晴死皮賴臉的。

小嵐沒理她，繼續低頭看書。沒想到，門「伊呀」一聲，又有人進來了，還大嚷着：「小嵐姐姐！」

是曉星。真不愧是兩姐弟，煩人都這麼像！小嵐沒好氣地說：「你又來幹什麼？又是擔心我一個人怕黑，特意來陪我的嗎？」

「啊，猜對了！」曉星走過來，拉着小嵐的手誇張地晃着，「小嵐姐姐，你真是好聰明、好聰明、好聰明啊！」

「哼，你們找個好點的藉口好不好！」小嵐指指曉星的手，「放開你的小爪子，回你的房間去！」

曉星馬上露出一副可憐相：「小嵐姐姐，別對人家那麼兇嘛！好不好！」

小嵐伸手，敲了他的頭一下，說：「本想好好看看書，都被你們攪着了。好吧，有什麼事，快說！」

曉晴曉星歡天喜地坐到小嵐對面。

曉晴說：「小嵐，我想求你救救扶蘇大哥，好不好？」

曉星說：「小嵐姐姐，我也想求你救救蒙恬大哥呢！」

曉星擅自決定穿越時空救扶蘇和蒙恬，把小嵐帶

到了秦朝，也給她帶來了一個天大的難題。其實小嵐這幾天一直在迴避這問題，因為她真不知道怎麼辦才好。現在曉晴曉星一齊向她提出，她也不知如何回答，只能皺着眉頭説：「你們好煩，我不是跟你們講過……」

曉星搶着説：「説過蝴蝶效應嘛，我都記得！但是，我好喜歡蒙恬大哥啊，我不想他死。」

曉晴也説：「是呀是呀，我也很喜歡扶蘇大哥，我也不想他死。」

小嵐抱着頭：「哎呀，別説了別説了，煩死了！」

「天下事難不倒」的馬小嵐，這回真不知該怎麼辦了。和曉晴曉星一樣，小嵐也很不想扶蘇和蒙恬死。他們是多麼傑出的兩個歷史人物啊！一個睿智、善良，一個勇敢無畏，怎忍心讓他們在一個月後被趙高害死？如果見死不救，任由悲劇發生，可能小嵐此後的人生都會在悔疚中度過。

但是，救了他們，會給中國歷史帶來什麼呢？有可能是好了，但萬一是壞了呢？壞到……壞到中國仍處於蠻荒年代，人們仍然刀耕火種，什麼工業革命、資訊科技全沒有到來，甚至被侵略者瓜分殆盡……

如果那樣，自己豈不成了歷史罪人？

「救！不救！救！不救！……」小嵐腦子裏亂糟

糟的，好像有兩個小人在打架。偏偏那兩姐弟還不住地在她耳邊嘮叨，她實在受不了，大喊一聲：「住嘴！」

曉晴和曉星嚇了一跳，都不出聲了，愣愣地看着小嵐。

小嵐見他們驚嚇的樣子，又有點過意不去，便說：「給點時間我好好想想，好不好！」

曉晴曉星同時點了點頭，他們也明白小嵐的為難。曉晴拉拉曉星，兩個人站起來，躡手躡腳走了出去。

小嵐坐在書桌前，發了一會兒呆，還是理不出個頭緒，她決定出去走走。

空氣很清新，吸一口，好像還帶點香味呢！小嵐仰望夜空，秦朝的月光，很明亮、很清澈。小嵐頓時覺得頭腦清醒多了。

突然，遠遠傳來一陣悠揚動人的笛聲，把小嵐深深吸引住了。真好聽，但為什麼笛聲中滿含着憂傷與蒼涼，令人聽了有一種想哭想哭的感覺。

是誰在吹笛子？這吹笛子的人有心事。

小嵐循着笛聲一路尋去，一直走到了公子府的小花園。朦朧月色，給花園裏的花花草草、假山和小池塘都刷上了一層銀白，小嵐看見，池塘旁邊有個涼亭，裏面有個白衣人正靠在柱子上吹笛子，那幽怨動

人的笛聲，正隨着他不斷跳動的指尖往外流瀉⋯⋯

那是公子扶蘇！

心裏有着千迴百轉的愁腸，才會吹出如此憂傷的笛聲。小嵐心中明白扶蘇的痛苦，他可是因為反對父親秦始皇用嚴酷的法律治理天下，反對焚書坑儒，因而惹怒了秦始皇，被貶到這裏的呢！被最親的人懲罰，有家歸不得，空有千般壯志卻無法施展，這一切，正是扶蘇傷感的癥結所在。

唉，究竟要不要拯救你，我的扶蘇大哥！

小嵐正想着，一不小心踢到了一塊小石頭，小石頭骨碌碌地滾着，又「咚」一聲掉到池塘裏了。

笛聲嘎然而止，扶蘇問道：「誰？」

小嵐應道：「是我，小嵐。」

扶蘇一副喜出望外的樣子：「啊，是你呀！」

小嵐說：「扶蘇大哥，對不起，打擾你的雅興了。」

扶蘇急忙說：「不會不會，你來得正好呢！心裏鬱悶睡不着，正想找人說說話。」

扶蘇把小嵐讓進亭子，又拿起桌上茶壺，給她倒了一杯茶。小嵐道了謝，拿起杯子呷了一口茶，清香滿口。正如曉晴曉星說的，這時候環境沒有那麼多污染，看，連茶都特別香。

小嵐由衷地說：「扶蘇大哥，你的笛子吹得真好，不過，就是有點悲涼。」

扶蘇抬頭望天，說：「每到月圓時，我心裏都有點難過。兩年了，我都沒見過父皇一面，很想他。」

小嵐看着扶蘇的眼睛，問道：「你父皇這樣對你，你不怨恨他嗎？」

扶蘇搖搖頭，堅定說：「我不會怨恨父皇的。父皇以他遠大的目光，以他了不起的雄圖偉略，滅六國、實現統一，令飽受戰爭苦難的民眾過上安定日子，在我心目中，父親永遠是個曠世英雄。他不聽我的勸諫，只是一時沒想通，總有一天，他會接受我意見的。」

小嵐點點頭。也許扶蘇說得對。假如秦始皇沒有

病死，假以時日，他以千古一帝的偉大頭腦，或許會漸漸明白暴政不得民心的道理，從而接納扶蘇意見，改變政策，安定人心。

小嵐又問扶蘇：「扶蘇大哥，如果你是皇帝，你會怎樣治國？」

扶蘇毫不猶豫地說：「我會建立強大的軍隊，確保國家和平；發展經濟，讓國家富強，讓百姓都能過上好日子。還有，要讓有本事同時又廉潔奉公的人擔任各級官員，反對貪污；要建立公平公正的國家法律，讓百姓有法可循，有法可依……」

小嵐微微張大嘴巴，聽着扶蘇滔滔不絕地說着話，心裏很是震驚。這扶蘇大哥太了不起了，他的想法跟二十一世紀社會竟是那麼接近！

扶蘇還在說着，他那英俊的臉孔，展現的是睿智、是堅定、是真誠……

「……還有，我會學習舜和堯，將來帝位不採取世襲，禪讓給真正有治國能力的賢人……」

小嵐眼睛睜大了，要不是來秦朝一趟，還真不知道扶蘇有如此廣闊的胸襟！

幾乎所有帝王都希望自家江山千秋萬代永不改姓，下一代即使是庸材或者傻瓜一名也都照樣世襲，把牙牙學語的小童放上龍椅佔着，頂多找個大人來垂簾聽政，或者請大臣輔助。沒想到扶蘇有這樣的想

法，把皇位傳給真正有本領的人！

如果能讓扶蘇這樣的人當皇帝，中國的發展一定比其他發達國家早上千年百年，中國人不用經歷那許多被侵略被欺凌的痛苦，不再有八國聯軍入侵的恥辱，不再有南京大屠殺⋯⋯歷史將會記載，秦始皇對中國最重大的貢獻，不是統一中國，不是統一度量衡，不是統一文字，而將是因為他培養了這樣一個偉大的兒子——公子扶蘇！

小嵐為自己的想法激動不已。

她決定不再顧忌那麼多了，她明白了，扶蘇枉死是中國歷史上一個何等重大的損失，她一定不能讓這事發生，要想盡一切辦法制止趙高的陰謀，幫助扶蘇登位。

「你在想什麼呢？」扶蘇見到小嵐發呆，溫柔地問道。

小嵐猛醒過來，說：「哦，我在想，你的理想太偉大了，太令人震撼了！我相信，如果按你的想法治國，大秦帝國一定會越來越強盛，中國歷史會發生劃時代的巨變，百姓也很快會過上幸福日子。扶蘇大哥，你真了不起！我向你致敬。」

扶蘇開心地笑了。不知怎的，這小姑娘的認同，竟然給了他那麼大的鼓舞，他覺得身上充滿了力量，他對前景更有信心了。

一陣風吹來，小嵐打了個寒噤。扶蘇見了，忙說：「小嵐，夜深露冷，你回房休息吧！」

小嵐點點頭：「好的。扶蘇大哥，你也早點休息。」

小嵐跟扶蘇道了晚安，轉身走了。

小嵐走到曉星房間門口，敲了兩下，門很快打開了，露出曉星頭髮蓬鬆的腦袋。見到小嵐，他驚喜地說：「小嵐姐姐，你想通了？」

小嵐沒回答，只是說：「叫上曉晴，馬上來我房間。」

「遵命！」曉星興高采烈地答道。

曉晴曉星到來後，小嵐說：「我同意拯救公子扶蘇和蒙恬將軍。現在談談我們的拯救行動計劃，先實行A計劃，也就是最方便和最容易的方法，就是在趙高等人偽造的假詔書送到時，當場揭穿他們的陰謀。蒙恬大哥那裏沒問題，他一定會相信我們的。歷史上，當趙高的假聖旨送到時，蒙大哥也懷疑有人使陰謀，也曾勸扶蘇大哥不要甘心受死，只是扶蘇大哥不聽勸。但扶蘇大哥那裏就有點難辦，他是個聽家長話的好孩子，他會乖乖受死的。為了保險起見，我們得先試探一下扶蘇大哥……」

# 第七章
# 假如父皇賜你死

這天扶蘇和蒙恬決定帶三個孩子出外騎馬和射箭。細心的扶蘇怕孩子們有損傷，特意讓蒙恬找了幾套帶有保護裝置的小碼軍服，給小嵐他們幾個換了。曉星高興極了，追着人問：「小嵐姐姐，曉晴姐姐，我漂不漂亮？扶蘇大哥，蒙恬大哥，你們看我是不是很威風？」

其實曉星的小個子穿着一件不合身的衣服，看上去還滿可笑的。不過大家都不想掃他興，都眾口一詞地捧他場：「哇，真的很漂亮很威風哦！」

「真的嗎？真的嗎？」曉星開心得尾巴都翹到天上去了（如果他有尾巴的話）。

其實穿上軍服最惹人注目的是小嵐和曉晴。小嵐的外形美麗中透着剛強，一穿上軍裝，就儼然一名颯爽英姿的女戰士，這在兩千年前的秦朝，誰見過這樣出色的女孩！曉晴呢卻是作為小嵐的反差，她人長得漂亮，皮膚又白，舉手投足都嬌滴滴的，走一步腰肢扭一扭，軍服穿在她身上實在是不倫不類。所以，

當她們倆一出現在人們視線中時，就笑話頻出。校場上正操練的士兵都忘了聽長官的號令了，都扭過頭去看她們，弄得你踩了我鞋跟，我撞了你後背，十分混亂。

蒙恬見了，不禁哈哈大笑起來，連內斂的扶蘇也忍俊不禁。蒙恬說：「我們在這裏只會影響軍心，還是把靶子扛到外面，另外找個地方射箭吧！」

走出校場，就是一片綠草茵茵的遼闊草原，蒙恬先作示範，他站在百步之外，一連射了十箭，全中靶心，幾個孩子樂得大聲叫好。

曉晴拉着扶蘇說：「扶蘇大哥，你一定也很厲害，你也給我們表演表演！」

扶蘇說：「我可沒有蒙將軍厲害。好，就獻獻醜吧！」

扶蘇拉弓搭箭，也射了十箭，除了一箭射偏了少許之外，九箭都中紅心。

扶蘇是文官，能有這樣箭術，已是非常了不起了。孩子們都拚命鼓掌叫好。

蒙恬說：「你們以前有沒有射過箭？來試試如何？」

曉星爭着說：「有有有，我們以前跟萬卡哥哥學過，我先來試試！」

曉星想去拿剛才蒙恬和扶蘇用過的弓，沒想到用

手一碰便「哇」地叫了一聲，那弓很重啊！

蒙恬拿出另一把弓，笑着說：「小子，我們的弓你沒法用的，用這把吧，我昨天特地讓人給你們做的，比我們用的輕了一半。」

曉星高興地接過弓，又拿過一枝箭搭在弓上，擺出個自以為很帥的姿勢。又特地提醒各人：「你們別眨眼啊，我要射了，射那紅心！」

見到大家都看着他，才一拉弓，發射！

「噗」的一聲，曉星拍手說：「噢，射中了射中了！」

見大家都沒吭聲，又得意地說：「沒想到我這麼厲害，驚呆了吧！」

曉晴撇撇嘴，說：「是啊，驚呆了，因為你的箭不知飛哪裏去了。」

曉星往靶子一看，頓時洩了氣。曉晴說得沒錯，那靶子上光光的，根本沒有箭的蹤影。

這傢伙之前跟萬卡學射箭，只是玩玩而已，所以這箭沒有射到箭靶，也是意料之中。這時，蒙恬找到了箭的下落，原來射到靶子邊上一棵樹幹上了。

曉星扁着嘴，蒙恬笑着安慰他說：「小子，別洩氣，我等會教你，保證你三天之內成為好射手。」

「真的？」曉星馬上笑得咧開了嘴。

蒙恬接過曉星手上的弓，朝小嵐和曉晴說：「兩

位小妹妹，要不要試試？」

　　曉晴知道自己還不如曉星，不想在帥哥面前出乖露醜，慌忙躲到小嵐背後。小嵐笑笑說：「好，我來試試！」

　　兩位大哥都知道小嵐並非常人，都站在一旁，等着看她射箭。小嵐拿起弓，穩穩地站好，然後取了一枝箭搭於弓上，拉弓，凝神靜息地瞄準，然後放箭，箭飛一般朝靶子飛去，正中紅心！

　　「好！」扶蘇和蒙恬忍不住拍掌叫好。

　　曉晴曉星也高興得跳起來。自己不行，自己的朋友行，也很光榮啊！

　　小嵐一連射了十箭，有七箭中紅心。

　　扶蘇朝小嵐豎起拇指，說：「早前見到小嵐射彈弓了得，已知道射箭也必然不弱，今日一見，果然不差！」

　　蒙恬更是讚聲不絕：「小嵐姑娘，你真是個巾幗英雄！不如你就留在軍營，我招募一批女兵，由你當隊長，好不好？」

　　小嵐放下弓，笑道：「謝謝兩位大哥誇獎。不過，招募女兵行不通。你們看剛才就我和曉晴走過，那些士兵就如此好奇。可想而知，要是一隊女兵出現在軍營，那就天下大亂了。」

　　蒙恬哈哈大笑：「也對也對。」

蒙恬要外出辦事，命士兵牽來五匹馬，四匹交給扶蘇和三個孩子，自己蹤身跳上一匹大白馬。曉星見那大白馬渾身雪白，沒有一根雜毛，十分漂亮，便嚷嚷着：「蒙大哥，我想騎你的大白馬。」

蒙恬笑着說：「這馬小孩子不可以騎。」

曉星問：「為什麼？」

蒙恬說：「這馬是一匹千里好馬，牠跑起來足足快其他馬幾倍。不過，牠的性子很暴躁，一不高興就亂蹦亂跳的，非把人摔下來不可。所以，除了我之外，誰都不敢騎。」

曉星聽了，嚇得倒退幾步。

大白馬邁起四蹄，馱着蒙恬一下子就跑得沒影了。果然是一匹快馬！

三個孩子在烏莎努爾時都學過騎馬，一般騎在馬上慢行或慢跑也是可以的，於是他們跟着扶蘇，四個人各騎一匹馬在草原上信步而行。陽光普照，青青的草地，色彩絢爛的小野花，飛舞的小鳥和蝴蝶，構成一幅清新怡人的美景。

孩子們都覺得十分開心，小嵐忍不住放聲唱起歌來：「藍藍的天上白雲飄，白雲下面馬兒跑，揮動鞭兒響四方，百鳥齊飛翔……」

曉晴和曉星聽了，也跟着小嵐一齊唱起來：「……要是有人來問我，這是什麼地方。我就驕傲地

告訴他，這是我們的家鄉⋯⋯」

扶蘇靜靜聽着，臉上露出微笑，但眼睛卻濕潤了。

三個孩子唱完，又一齊拍起手來，自己讚自己：「好啊⋯⋯」

「扶蘇哥哥，好聽嗎？」曉星扭頭問扶蘇。

「好聽，真好聽。歌詞也很感人，這裏真是值得我們驕傲的地方啊！」扶蘇又問，「這歌我怎麼從來沒聽過？聽起來很新鮮、很歡快，跟我聽過的歌大不相同。」

曉星說：「你當然沒聽過了，那是兩千年後的歌呢！」

扶蘇一愣，看着曉星：「兩千年後？！」

該死的曉星，又露餡了！小嵐狠狠瞪了那個闖禍精一眼，打圓場說：「扶蘇大哥，曉星又亂說話了。他的意思是，這首歌有可能一直流傳到兩千年後呢！」

「哦⋯⋯」扶蘇點了點頭，「這孩子說話，真要讓人慢慢去參透呢！」

曉星伸了伸舌頭。

馬走到了一處陰涼的地方，扶蘇說：「累不累，我們下馬到草地上坐坐，吃點東西。」

大家在一棵枝葉婆娑的大樹下坐了下來。扶蘇打

開小布袋，從裏面掏出一包香噴噴的肉乾：「大家嚐嚐。」

曉星不會客氣，立即伸手去拿了一小塊，放進嘴裏大嚼起來：「唔唔唔，好吃，好吃！扶蘇大哥，這是什麼肉？」

「這是老虎肉。」扶蘇說。

「啊！」曉晴大吃一驚，手拿着的肉乾也掉到地上了。

曉星大聲說：「姐姐，你膽子太小了！從來只聽過有人怕老虎，但從沒聽過有人怕老虎肉的！」

「哈哈哈。」曉星的話令扶蘇忍俊不禁，他又說，「這隻老虎作惡多端，常常跑出來把農人養的家禽吃掉，有好幾次還咬傷了人。蒙將軍為民除害，赤手空拳把牠打死了。老虎肉吃不完，就烤成了肉乾。」

曉星誇張地張大了嘴巴：「哇，蒙大哥好厲害啊，就像打虎英雄武松一樣！」

扶蘇聽了，問道：「武松是誰？」

曉星有點驚訝地說：「扶蘇大哥，你沒看過中國四大名著之一《水滸傳》嗎？書中說到武松在景陽崗英勇神武，把兇猛的吊睛白額虎打死了。這故事很膾炙人口啊！」

「《水滸傳》？四大名著之一？」扶蘇樣子很困

惑，他看着小嵐，好像向她求助似的，「我怎麼不知道有這本書？」

　　小嵐又好氣又好笑，曉星這傢伙真是口不擇言。《水滸傳》這部小說寫於元末明初，扶蘇又怎會看過呢！她從地上撿了一塊小石頭，扔向曉星：「小傻瓜，《水滸傳》明明是你做夢的時候夢見的書，你又在這亂講。扶蘇大哥，你別理他！」

　　曉星這才知道自己又講錯話了，忙自打了一下嘴巴：「噢，扶蘇大哥，對不起對不起！曉星是小傻瓜，曉星亂說話，曉星不乖……」

　　「嗯！」小嵐突然大聲清了清嗓子，又朝曉星眨了幾下眼睛。

　　曉星突然想起今天有件重要的事要做，忙對扶蘇說：「扶蘇大哥，你小時候一定很聽爹爹的話。」

　　扶蘇點頭說：「是的。」

　　曉星說：「那長大以後呢？」

　　「也聽。」扶蘇想了想又說，「但也試過不聽。」

　　曉星說：「哦，沒想到扶蘇大哥也有不聽爹爹話的時候。那是什麼事？」

　　扶蘇低下頭，沒吭聲。這個話題觸動了他心裏最痛楚的那個角落。

　　曉晴插嘴說：「我知道我知道，扶蘇大哥的爹爹

讓他帶軍隊去抓讀書人，他不聽，也沒有去。扶蘇大哥，這件事你不要老是放在心裏，讓自己不開心。我覺得這件事你做得很對，焚書坑儒本來就很不應該！」

「所以嘛，父母的話有時也有不對的，扶蘇大哥，你也不必每件事都按你父親說的去做。」曉星說到這裏，湊近扶蘇，一本正經地問，「扶蘇大哥，我想問你一個問題，你能回答我嗎？」

扶蘇說：「隨便問，我會回答的。」

曉星故作神秘地問：「如果有一天你接到父皇的聖旨，說你不乖，把你賜死，你怎麼辦？」

「啊！」扶蘇大吃一驚，他瞠目結舌地看着曉星，好一會兒才說，「曉星，你、你又亂說話了，我父皇怎麼會這樣做呢？」

曉星固執地說：「我是說如果。扶蘇大哥，你回答我呀，回答我呀！」

扶蘇轉臉看着小嵐，向她求助，沒想到這回小嵐沒有幫他解圍，她和曉晴都不眨眼地看着扶蘇，好像很有興趣聽他的回答。

扶蘇沒法，只好回答說：「父皇之前一怒之下把我貶到這裏，但我知道，其實他心裏還是很愛我的，我不相信他會把我處死。要是他真要處死我的話，也一定有他的理由，所以，我會按父皇的意旨去死。」

「啊，不，不要！」三個孩子異口同聲地喊了起來。他們最不想聽到這個答案，但扶蘇卻這樣回答了。

　　曉星嘟着嘴說：「扶蘇大哥，你也太乖了吧！」

　　曉晴眼淚汪汪地說：「扶蘇大哥，我不許你這樣做！」

　　連小嵐也沉不住氣了，氣急敗壞地說：「扶蘇大哥，生命誠可貴，你怎可以這樣輕易放棄！」

　　扶蘇歎了口氣：「古語有云，『君要臣死，臣不死不忠；父要子亡，子不亡不孝』，不論是作為兒子，還是作為臣子，我都不能違抗皇命。」

　　小嵐說：「扶蘇大哥，如果真的發生這種事，難道你就不會去想想，或者這根本不是你父皇的意思，是有人假傳聖旨，有心把你害死嗎？」

　　曉晴說：「是呀是呀，肯定是有人假傳聖旨。」

　　扶蘇說：「不會的，我父皇何等偉大英明，何等威嚴，誰敢這樣做？」

　　小嵐說：「或者你父皇因為某些突發原因，失去了掌控一切的能力呢！」

　　曉星說：「對對對，有可能他生了重病，甚至……」

　　扶蘇打斷曉星的話：「曉星，別亂說話！我父皇身體很好，又正值盛年，哪會有什麼重病！這樣的事

絕不會發生。」

小嵐看着扶蘇，心裏真是無奈，她說：「如果你接到了這樣的聖旨，但當時有人站出來證明，這是奸臣的陰謀，請你不要上當呢？」

扶蘇歎了口氣：「聖旨大過天，誰也不能違抗，即使有人證明也無法改變什麼。」

扶蘇邊說邊站了起來，說：「嘿，難得有一天空閒帶你們出來玩，我們別說這些不可能發生的事了。來，我們繼續騎馬！」

# 第八章

## 尋找秦始皇車隊

「唉！」

「唉唉！」

「唉唉唉！」

從騎馬回來後，小嵐、曉晴和曉星就一直不停地歎氣。既然扶蘇已表了態，那他們原先的計劃，即是在假聖旨送到時，揭穿趙高等人陰謀的做法，已經行不通了。

怎麼辦呢？好死心眼的扶蘇大哥啊！怎可以別人叫你死你就乖乖地去受死呢！扶蘇大哥啊，究竟怎樣才能拯救你！

突然，小嵐一拍桌子，説：「既然決定要救人，就要救到底。天下事難不倒馬小嵐！」

「啊，你想到救人的方法了？」曉晴曉星一聽到小嵐這麼説，馬上喜上眉梢。

小嵐説：「A 計劃行不通，我們就實施 B 計劃！」

「什麼 B 計劃？」曉晴和曉星一齊湊近小嵐。

小嵐説：「我們從根源上去制止事情發生。」

「根源上？」那兩姐弟又再湊近些。

小嵐説：「我們想辦法接近秦始皇，不讓趙高假傳聖旨的事情發生。」

曉晴和曉星互相看了看，異口同聲地説：「好辦法！那我們什麼時候開始行動？」

小嵐説：「事不宜遲，我們現在就走。」

曉晴説：「我看見扶蘇大哥跟一班將領開會呢！等他們散了會，我們跟扶蘇大哥道別再走吧！」

小嵐説：「不行。要是扶蘇大哥知道我們要走，一定會派人一路保護我們的，那反而會給我們造成不便。我們留話給外面的小勤務兵，説我們打聽到了親人的下落，急着找去了。讓他們跟扶蘇大哥和蒙將軍説一聲。」

三個人就這樣悄悄地離開了公子府。

走在市集大街上，有小部分店舖還沒有關門，一間玉器店還有客人在挑首飾。小嵐一看那玉器舖的店名——「全旺」，突然想起了什麼，便對曉晴姐弟説：「你們在這大樹下等我一下，我到前面辦點事，馬上回來。」

櫃枱後面站着一個老闆模樣的大叔，見到小嵐，滿臉笑容地問：「小姑娘，是要買首飾嗎？」

小嵐説：「哦，我來打聽點事。今天有人來賣過

一件羊脂白玉珮嗎？」

大叔説：「羊脂白玉珮飾？哦，是的是的。今天有個老伯來這裏，賣了一件羊脂白玉珮給我。」

「是這樣的。那玉珮是我家大哥心愛之物，只因為家中錢銀周轉不來才忍痛割愛，拿來賣了。」小嵐説着，脱下手腕上的羊脂白玉鐲子，遞給大叔，説，「這樣好不好，我拿這隻鐲子來換回我大哥的玉珮，希望老闆成全。」

大叔接過鐲子，舉起在光處看了一會，説：「本來我們購入的玉器都不會再退回的。不過見你兄妹情深，實在難得，我就破例一回，交還給你吧！」

小嵐高興地説：「太好了，謝謝大叔！」

大叔走入後面房間，一會兒拿出一個小布包，打開正是扶蘇那件白玉珮，大叔又再仔細看了看小嵐那隻玉鐲，説：「你這隻玉鐲，成色跟這玉珮差不多，但年代明顯比玉珮久，比玉珮值錢，所以，我要多給你五百錢。」

小嵐大喜過望，原來設想能用鐲子換回玉珮就已經很開心了，沒想到這大叔這麼老實，還補給她這麼多錢，這下連路費也有了。她不禁連聲對大叔説謝謝。

大叔説：「你不用謝我，謝你自己好了。這麼好看的鐲子，是每個小姑娘都夢寐以求的，你為了哥

哥，竟捨得拿來賣，真是個好孩子。」

小嵐說：「謝謝大叔誇獎。大叔，告辭了，祝您生意興隆！」

大叔微笑着說：「小姑娘，你走好！祝你好運！」

小嵐接過玉珮，只見晶瑩純靜、潔白無瑕，上面還刻了兩個小字：懷玉。看來應該是扶蘇娘親的名字。

小嵐拿着五百錢興高采烈地走回大樹下，曉星見了，驚喜地說：「哇，小嵐姐姐好厲害，才一會兒就掙到了這麼多錢！」

曉晴馬上發現小嵐戴着的鐲子不見了：「小嵐，你的鐲子呢？你把鐲子賣了？」

小嵐說：「對，那東西礙手礙腳的，就賣了。」

曉晴說：「你說謊！這鐲子是伯母送給你的。你說過，看見鐲子就像看見伯母陪在身邊。再說，這鐲子是罕有的羊脂白玉鐲，又是古董，在現代價值連城。你別為了路費就把鐲子賣了，我寧願挨餓，也不想你賣掉鐲子！」

曉星聽了，也說：「我同意姐姐意見！小嵐姐姐不能賣掉鐲子。我頂多不叫你買餅子吃了，你別賣伯母給你的鐲子好不好！」

「我賣掉鐲子不光是為了路費！」小嵐不想多

說，拉着曉晴和曉星往前走，「嘿，不賣都賣了，要不回來了。快走吧！」

曉晴和曉星無可奈何，只好跟着小嵐走了。

走到馳道邊上，看見路邊有輛馬車，車夫正提了一桶水給馬喝。小嵐一見，說：「馬車夫走南闖北的，一定知道點秦始皇南巡車隊的去向，我們去打聽一下。」

小嵐走過去，很有禮貌地問道：「大叔，想打聽一下，你知道秦始皇陛下的車隊現在大概在哪個地方嗎？」

大叔笑呵呵地說：「你問對人了！我前幾天去送一個長途客人，看見過皇帝的車隊，正朝着咸陽方向走呢！」

小嵐一聽很高興：「噢，太好了！那你可以幫我們追上車隊嗎？」

大叔說：「你們是想看看皇帝出巡的氣勢嗎？」

小嵐順水推舟地說：「是呀是呀，我和我的兩個朋友想開開眼界。」

大叔說：「行，我就送你們去！按他們行走的速度，我想三四天就能趕上。」

長話短說，一行人一路風塵，很快就到了第四天中午，大叔把他們載到一處小樹林，說：「你們可以在這裏等候皇帝的車隊。你們看那遠處灰塵滾滾，估

計就是皇帝的車隊往這裏來了，你們在這裏可以很清楚地看到大隊人馬經過。」

「謝謝大叔！」小嵐幾個人下了馬車。

大叔一揮馬鞭，趕着馬車走了。

小嵐找了個隆起的小草坡，三個人坐了下來吃乾糧。曉星咬着個餅子，跑到一個小土墩上眺望，突然，他興奮地喊了起來：「來了，皇帝車隊來了！」

小嵐和曉晴趕緊跑上土墩，果然，遠處一隊長長的望不到尾的隊伍向這裏來了。

隊伍越走越近，三個孩子都張大了嘴巴，因為那場面實在太壯觀了！

先是近百人的樂隊開路，樂師們每人拿着樂器，吹奏着威武雄壯的樂曲，接着是數百名雄赳赳氣昂昂的軍士，手持武器，步伐整齊地前進着。軍士後面，是許多輛馬車，每輛馬車都十分豪華漂亮……

小嵐指着馬車中最豪華的那輛，說：「看，那裏面坐的應該就是秦始皇！」

曉星道：「哇，好大啊！簡直是一間小型房子呢！」

大家都很激動，秦始皇出巡的場面，看過書本上描述，也看過電視劇的再現，但怎比得上現場親眼目睹，那種雄壯那種氣勢，真不愧是千古一帝出巡啊！

三人正在慨歎，忽見到隊伍停了下來，接着見到

傳令兵一路喊叫，原來隊伍準備在這裏休息呢！

小嵐很高興，正愁怎樣混進隊伍裏呢，隊伍在這裏休息，就有機會了！

又見到馬車上陸續有人下來，都是穿着官服的，想都是些朝廷大官。他們都跑到那輛特別豪華、特別大的馬車前面，恭恭敬敬地請示着什麼。

「有人走過來了，快躲起來！」小嵐忽然見到有幾個人往樹林這邊走了過來，她連忙拉了曉晴曉星一把。

三個人藏在樹後面。只見那走在前面的人大概二十歲左右，穿着一件深色衣服，生得眉清目秀。後面跟着兩個人應是衛士，手拿着長劍，警惕地左顧右盼。

曉晴說：「這個人好特別，別的官員都去向秦始皇問安，唯獨他自己一個人到處跑。」

曉星說：「莫非他的官位比那些官員都大！」

小嵐說：「我看這人一定是胡亥。你們沒看到他的樣子很像扶蘇大哥嗎？」

曉星仔細看了一下，說：「噢，真的，他真的有點像扶蘇大哥呢！不過，扶蘇大哥比他帥。」

曉晴睜大眼睛：「啊，胡亥？！就是那個不顧兄弟情義、搶了扶蘇大哥皇位的壞蛋！豈有此理，讓我去給他一巴掌，打醒他！」

曉晴説着就要站起來。

小嵐一把拉住她：「別動，要是讓人懷疑你是刺客，我們就死定了。」

曉晴沒敢再動，只是仍然氣憤難平。

小嵐説：「我看這胡亥本質不算太差，只是讓趙高教壞了。我想，這次可以借助胡亥，混進車隊去，再找機會接近秦始皇。或者由此引起的效應，也改變了胡亥接下來的命運呢！」

曉星説：「我同意小嵐姐姐的意見。但是，小嵐姐姐，我們怎樣接近胡亥呢？聽説秦始皇幾次遭人行刺，所以他們們對陌生人都很警惕。」

小嵐還沒回答，就聽到胡亥大聲嚷嚷：「悶死了悶死了。還以為跟着父皇出巡很好玩，沒想到一天到晚悶在車裏，灰塵滾滾、顛來顛去，簡直煩死了。」

又聽到一個侍衞説：「公子，我們玩揑泥人吧！我們揑馬、揑馬車，然後再揑馬車上的公子……」

「你有點新意好不好？！讓我玩這麼髒的玩意，我不要！」胡亥不耐煩地揮揮手。

另一個侍衞説：「公子，不如我們看螞蟻打架好不好？看，地上好多螞蟻呢！」

「去去去，噁心死了！」胡亥厭惡地皺着眉。

小嵐聽到這裏，靈機一動，説：「有了！曉星，你身上不是帶着那副飛行棋嗎？」

「是呀，在這裏。」曉星説着從口袋裏掏出一個方方的扁扁的小盒子。

小嵐找了一塊平整的地方，把棋盤鋪好：「來，我們來玩飛行棋。」

曉晴瞪大眼睛：「啊，玩飛行棋？就在這裏玩？」

小嵐瞪了她一眼：「笨！」

曉星眼睛骨碌碌轉了轉，興奮地説：「我知道我知道，小嵐姐姐想用好玩的遊戲引來胡亥！」

小嵐説：「聰明！史書説胡亥是個典型的紈袴子弟，最喜歡玩耍，我們玩飛行棋吸引他過來。快坐下來，我開始擲骰子了。啊，六點！我多幸運，可以起飛了。」

曉星接着骰子一擲：「啊，小嵐姐姐的幸運傳給我了，我也是六點，起飛！」

曉晴拿起骰子，説：「看我也幸運給你們看！」

誰知道她一擲，骰子打了個滾落到地上，卻只是三點。不能起飛！

「哈哈哈！」小嵐和曉星得意地大笑着。

接着小嵐一擲擲了五點，她拿起棋子，往前走了五步；曉星擲了個四點，往前走了四步。又輪到曉晴擲了，她拿着骰子，往上面吹了口氣，説：「六，六，六……」

誰知一擲，小嵐和曉星都樂翻了，因為骰子落地的一面只有一個小圓點。曉晴嘴巴頓時撅得能掛個瓶子。

突然，他們發覺身旁那棵大樹後面發出輕微聲響，三個人發出會心微笑，胡亥來了！

沒錯，三個孩子的歡笑聲真的把胡亥引來了。他悄悄地走近他們，看着他們玩。

這時，曉晴拿起骰子，進行第十一次投擲。之前十次都沒有擲到能起飛的六點，所以她的四隻「飛機」都還停在「停機坪」上，而小嵐和曉星的飛機已經快走到終點了。當下曉晴把骰子使勁一擲，停住後，她高興得拍着手尖叫起來：「啊，六，六，六。我可以起飛了！」

胡亥忍不住從樹後走出來，説：「喂，你們在玩什麼？好像很好玩呢！」

三個孩子裝作才發現有人，都「刷」一下把頭扭向樹那邊。小嵐笑着説：「我們在玩飛行棋呢！」

胡亥望向小嵐，一見之下竟馬上楞了楞，衝口説道：「啊，妹妹，你好漂亮啊！」

曉星見胡亥眼睛直瞪瞪地盯着小嵐，便使勁一拍他的肩膀，又指指地上：「棋盤不在小嵐姐姐臉上，在這裏呢！」

胡亥收回目光，一屁股坐到棋盤前面，好奇地看

着那些棋子，説：「飛行棋？怎麼我從來沒見過這種棋。」

幸好曉星這副棋的棋盤是用布做的，如果是紙的話，還得費唇舌跟他解釋一番呢！

小嵐問：「公子，怎麼稱呼你？」

那胡亥毫不避忌就亮出身分：「我是當今天子的小兒子，公子胡亥。」

「啊，原來是公子胡亥，久仰久仰，惶恐惶恐！」三孩子裝出一副驚詫樣子，起身要行大禮。

胡亥一把拉住他們，一副無所謂的樣子：「嘿，不用不用。我們一起玩，就是玩友，在這點上我們是平等的。快快快，快告訴我怎麼玩。」

「公子哥，我教你！」曉星自告奮勇地給胡亥擺好棋子，「飛行棋是這樣玩的，骰子擲到六點，才能起飛……」

那胡亥果然是好玩之人，因而對於玩也特別聰明，他一下就明白了飛行棋的玩法，和小嵐他們玩得大呼小叫、不亦樂乎。

忽然聽得一陣吆喝聲，原來傳令兵喊着要起行了。

胡亥玩得正開心，哪裏肯走，那兩個衞兵在旁邊催了一遍又一遍，胡亥都好像借了聾子的耳朵一樣充耳不聞，弄得兩個衞兵在一旁抓耳搔腮乾着急。

小嵐笑着説：「公子，你還是趕快上車吧，你們的隊伍要出發了。我們也要上路回咸陽了。」

「啊，不行不行，我不能放你們走，我要跟你們玩飛行棋！」胡亥着急地説，「你們也是去咸陽？那太好了！你們就跟我一塊坐車好不好，我的馬車車廂很大，十個人都坐得下。我們一邊玩飛行棋，一邊回家。」

胡亥的提議正中小嵐他們下懷。曉星裝模作樣説：「啊，不錯哦！兩位姐姐，我們就坐公子哥的車回咸陽好不好？」

小嵐説：「那會不會叨擾公子……」

胡亥怕她們不肯，忙説：「不叨擾，一點不叨擾，我巴不得你們坐呢！」

小嵐説：「好，那就恭敬不如從命了。」

胡亥眉開眼笑：「好，好，幾位，請跟我來。」

一行四人走到一輛馬車前，正要上車，突然聽到尖利的聲音傳來：「公子，且慢！」

説話的聲音低沉中帶着尖細，還很刻意地把音量拿揑得不高不低，給人一種造作的感覺。

小嵐一看，見是一個穿着太監衣服的中年男人，只見他肥頭大耳，眼睛很小，眼尾有點往下塌，小眼睛裏的黑眼珠卻很亮，有一道邪光射出。當下見到他一臉諂笑，朝着胡亥作了一揖，説：「公子，這幾個

人是誰呀？」

說着，他把目光轉向小嵐等人。

這時，他臉上的諂笑驀地不見了，變得一臉陰沉，小眼睛裏的光瞬間變成兩把利刃，狠狠地射向幾個孩子。

曉晴曉星從沒見過這樣嚇人的眼神，都不由自主地躲到了小嵐身後。

胡亥說：「他們是我新交的朋友。」

太監又換了一臉諂笑，對胡亥說：「公子，為了陛下的和您的安全，不能讓來路不明的人加入車隊的。」

小嵐心想：是誰這樣全無顧忌，干涉公子胡亥？看他的樣子肯定不是好人，莫非他是……

小嵐腦海裏驀地浮現了一個千古罪人的名字──趙高。

「趙高，你好大膽！竟敢阻撓我帶朋友上車！」胡亥很生氣，他又對小嵐等人說，「別管他，我們上車！」

小嵐看了那個太監一眼，果然就是那個一手毀了大秦江山的趙高。真是奸人有奸相，一看就知道不是好人。

# 第九章

## 遇刺

胡亥喜滋滋地帶着小嵐三人上了車，看他那樣子，比得了什麼稀世珍寶還要高興。出來幾個月，差不多天天悶在車裏，這對於無玩不歡的他來說，真是比死還要慘。而今找到了三個玩伴，還有那麼好玩刺激的飛行棋，這怎不叫他喜出望外、喜從天降！

車隊起行了，胡亥急不及待地擺好棋盤，催促說：「快，快，上一盤小嵐贏，小嵐先擲骰子。」

於是，四個人又在車裏熱熱鬧鬧地玩起飛行棋來了。車廂裏一改平日沉悶，不時發出歡快的笑聲。

再說，隔着幾輛車子，正坐着我們的千古一帝秦始皇。幾個月出巡，別說是年輕好動的胡亥，連秦始皇也受不住了，加上他最近還身體不適，更覺悶懨懨的。此刻他正拿着一本書打瞌睡，突然聽到一陣久違了的歡笑聲，從車廂外傳來。

秦始皇的睡意馬上跑了幾分，他大聲問道：「誰在那裏嘻笑喧嘩？」

趙高撥開布簾走了進來，應道：「陛下，是公

子。」

「是亥兒？」秦始皇狐疑地想了想，這孩子自出來南巡，就一天到晚苦着臉喊悶，現在什麼事情讓他這樣開心了？

兒子開心，當父親的當然也感到快慰，他臉上不禁露出了慈愛的笑容。笑聲一陣又一陣傳來，好像還不止一個人。

秦始皇又問：「亥兒車裏還有些什麼人？」

「回陛下，是幾個來路不明的孩子。」趙高頓了頓，見秦始皇沒表示，又繼續說，「我昨天曾勸阻過公子，說陛下安全要緊，只是公子受了那些孩子的狐惑，沒聽奴才的。陛下，要奴才去把他們趕走嗎？」

秦始皇眼睛轉了轉：「朕自己去看看。」

趙高說：「陛下，您的安全重要！」

秦始皇瞪了他一眼，說：「別廢話！不就幾個跟亥兒合得來的孩子嘛，用得着這麼大驚小怪嗎？」

趙高慌忙說：「是，陛下！」

他趕忙喝停馬車，又跳下去，架起梯子，扶秦始皇下車。

走近胡亥車廂，趙高剛要通報，被秦始皇制止了。他悄悄地上了胡亥的車，他很想知道，究竟是什麼人這麼有能耐，把這一路上顯得悶悶不樂的兒子弄得這樣開心。

車廂裏，四個孩子正圍着一個棋盤，玩得十分開心，連秦始皇上了車也沒發現。秦始皇打量了一下那幾個孩子，兩個女孩漂亮秀氣，其中一個舉手投足顯得高貴不凡，另外一個男孩機靈活潑，看上去都是可愛純真的孩子。秦始皇不動聲色地站在一旁看着他們玩耍。那種棋從來沒見過，棋盤顏色鮮豔漂亮，棋子是圓形的，上面還刻着一個怪模怪樣的什麼東西（飛行棋的棋子上刻的當然是飛機了，但秦始皇哪裏見過，所以看成怪東西）。

　　看來還真是挺好玩的，怪不得胡亥這樣開心。

　　胡亥偶然一抬頭，發現了父親，馬上興高采烈地說：「父皇，這飛行棋很好玩呢！」

　　小嵐等人聽得胡亥叫父皇，忙抬起頭。

　　啊，這就是千古一帝秦始皇嗎？只見面前站着一個高大的男子，身着闊大的玄色深衣，衣領處還繡着紅色雲紋圖案，兩隻闊大的袖子各繡了一條騰飛着的龍。粗的眉，圓的眼，鼻直口方，下巴留着鬍子……此刻，他目光如炬、臉色威嚴地看着孩子們。

　　曉晴好像有點害怕，不敢直視；曉星卻不眨眼地看着秦始皇，好像想把他每一點特徵都記在腦子裏；小嵐乍見秦始皇，心裏也很激動，這就是統一中國的秦始皇嗎？真是名不虛傳，果然一派帝皇風範啊！

　　小嵐拉拉曉晴曉星，三個人起身向秦皇行禮。胡

亥介紹説：「這是我新認識的朋友，漂亮妹妹小嵐，還有曉晴，曉星。他們的飛行棋實在太好玩了，剛好他們是到咸陽尋親的，我就讓他們坐我的車，一塊下棋。」

自從秦始皇消滅齊、楚、燕、韓、趙、魏六國，統一中國之後，六國的貴族都對他十分仇恨，曾組織多次暗殺行動行刺他，只是他福大命大，每次都躲過了。但也因為這樣，他向來不信任陌生人。

當下，他用威嚴的目光打量着三個孩子。曉晴曉星一個嬌憨、一個天真，一眼就看出不是能藏了陰謀的人。

再看看小嵐，不知怎的，秦始皇一下就喜歡上了這個女孩子，看她眼睛的清澈，笑容的真摯，樣貌的美麗，氣質的嫻雅，都令他想起了自己那個十歲時死於傷寒的女兒雙陽公主。如果雙陽沒死，如今也該長這麼大了。

胡亥拉了拉秦皇的袖子，説：「父皇，旅途漫漫，還有很多天才能回到咸陽呢，您也跟我們一起玩吧，很開心的呢，好不好？」

胡亥本來是説説而已，因為父親向來嚴肅，怎會跟他們小毛孩玩在一起呢！沒想到是，秦始皇爽快地答道：「好啊！」

曉晴在秦始皇面前畢竟有點膽怯，便主動讓出位

置，把自己玩的一方給秦始皇。就這樣，指點江山、叱咤風雲的千古一帝秦始皇，和幾個孩子下起飛行棋來了，他和小毛孩一起嚷嚷，一起歡笑，開心得跟身邊的孩子沒兩樣。

正在這時，車隊突然響起一陣喧嘩，緊接着，聽到「轟」一聲巨響，像是什麼砸到什麼上，那力量，令到地動山搖，胡亥的車子也隨着晃了幾晃，飛行棋棋盤上的棋子全部掉到地上。

胡亥一驚，大叫：「什麼事？」

秦始皇臉上很鎮靜，但從他發抖的手，可以看出他心裏的驚慌。曉晴曉星趕緊拉着小嵐的手⋯⋯

「轟！轟！」又是連續多下巨響⋯⋯

車外亂糟糟的，無數把聲音響起：

「有刺客！」

「保護陛下！」

「抓住那個人！」

「他跑了！」

「第一、二衛隊，跟我來⋯⋯」

這時，車子的布簾一揭，趙高慌張地叫道：「陛下，陛下！」

車外黑壓壓圍了一大圈將士，想是來護駕的。

秦始皇這時顯然已調整了心態，站了起來，說：「發生什麼事了？」

趙高嘴唇顫抖着，説：「恭喜陛下洪福齊天，逃過大難。」

趙高扶着秦始皇下了車，指着不遠處説：「陛下，您看。」

秦始皇一看，嚇得身子不由自主晃了晃。

原來，他一直坐着的那輛車，此刻已變成一堆廢銅爛鐵。假如他不是來了胡亥的馬車玩飛行棋⋯⋯

秦始皇不敢想下去，想想都心驚膽戰。

好不容易鎮靜下來，秦始皇怒吼着：「是誰這麼大膽！」

趙高心有餘悸，説：「一個彪形大漢從樹林裏竄出來，手裏拿着一個巨大的鐵錘，衝向陛下的車駕，一連砸了十幾下。」

秦始皇説：「人抓到沒有？」

趙高説：「陳將軍帶着人追去了！」

秦始皇怒道：「真沒用！」

「是，是，臣子沒用，奴才也沒用，讓陛下受驚了。」趙高彎着腰陪着笑臉，又説，「陛下，外面危險，您還是上備用的車子歇一歇吧！」

「哼！」秦始皇一拂袖子。

# 第十章
# 免死金牌

秦始皇下車後，胡亥坐在一邊，托着腮發了一陣子呆，似乎還沉浸在剛才的恐懼中。

曉晴曉星這時才發現他們一直死死地握着小嵐的手，於是馬上放開了。曉晴向來不忌諱自己膽子小，女孩子嘛，膽子小是天經地義的。

曉星就顯得有點尷尬了。自己是男孩子，剛才發生事時，應該勇敢地保護兩位姐姐的呀，怎麼怕成這樣呢！怪只怪剛才那幾聲巨響太嚇人了。

只有小嵐沒事兒一樣。向來喜歡冒險的她巴不得有點事兒發生呢，要不跟那公子哥胡亥一直玩飛行棋玩到咸陽，多好玩的東西也會變得乏味呀！想想剛才的事也有點玄，要不是秦始皇上了胡亥的車，那他現在已經被大錘砸成肉醬了。

這時，胡亥似乎緩過氣來了，他說：「嘿嘿嘿，沒事了，我們繼續玩飛行棋！」

於是，哪管他什麼驚天大刺殺，胡亥的車廂裏「舞照跳、馬照跑，飛行棋照玩」。

很快就日落西山，黑夜來臨了。於是車隊又停了下來，埋鍋做飯，然後宿一晚再起行。

吃過晚飯，胡亥又要繼續玩棋，但小嵐他們一連玩了半天棋，已經有點提不起勁了。曉星靈機一動，說：「公子哥，我們到外面玩『一二三，木頭人！』好不好？」

胡亥一聽很開心：「『一二三，木頭人！』好啊，跟你們交朋友真開心，這麼多新玩意！去去去，我們馬上去玩！」

小嵐和曉晴早就想下去走走了，於是四個人高高興興地下了車。

幾名衛兵上來向胡亥鞠躬，其中一個說：「公子，對不起。因為刺客還沒有抓到，趙大人吩咐，不能讓公子走遠。」

胡亥眼睛一瞪，說：「怎麼為了一個小刺客就要我一直在車裏坐牢嗎？我就在附近玩而已，不是走遠！」

說完，拉着曉星的手就跑。幾個衛兵只好跟在後面。

不遠處就是大海，海邊有一塊開闊地方，胡亥興奮地說：「曉星，快教我玩『一二三，木頭人！』」

曉星說：「很容易玩的。我們選一個人做傳令

官，站在這棵樹下，其他的人做木頭人，站在離傳令官三十步遠的地方。傳令官背向着木頭人，數三下回一次頭；木頭人就趁着傳令官背着的時候趕緊向大樹跑，傳令官回頭時就要像木頭一樣一動不動；如果傳令官回頭時見到哪個木頭人在動，那個木頭人就算輸了；而最快跑到傳令官身邊的木頭人就算贏。」

「噢，好玩好玩！那就由曉星做傳令官吧，我和小嵐、曉晴做木頭人。」胡亥把小嵐和曉晴拉到身邊，可能嫌人少，又大聲喊那幾個衛兵，「喂，你們幾個，快過來玩木頭人！」

於是，一班人嘻嘻哈哈地玩起木頭人來了。胡亥玩得最起勁，笑得最大聲。

小嵐玩了一會，悄悄地退出了。她走到海邊，找了塊乾淨的大石坐了下來。繁星滿天，月朗星明，月華星輝灑在海面上，銀光閃閃，真美啊！

小嵐仰頭望月，突然聽見背後有腳步聲，扭頭一看，竟是秦始皇。小嵐急忙起身行禮。

秦始皇微笑着，看着小嵐：「怎麼不去跟他們一塊玩？」

小嵐笑着說：「有點累了，在這坐坐。」

秦始皇走到另一塊大石上坐下，又叫小嵐：「你也坐。」

小嵐「嗯」了一聲，坐了下來。

秦始皇用慈愛的眼神看着小嵐，心裏越來越覺得她像自己那去世的女兒雙陽公主。向來迷信的他，心裏不由產生了一個念頭：莫非是老天派這女孩來救自己一命的？要不然，他們幾個孩子怎麼早不出現遲不出現，卻在有人來行刺的時候出現；而自己從來不會上胡亥的車，今天卻神差鬼使跑了過去！

小嵐察覺到了秦始皇的眼神，心裏想，歷史書上都説秦始皇生性多疑、為人殘暴，平日裏不苟言笑，以至所有人在他面前都不敢仰視。有些膽子小的人，見到他都會禁不住渾身發抖。但是，自己所見到的秦始皇，並不是這樣的啊！看他瞧着自己的眼神，還挺慈祥呢！

秦始皇説：「小嵐，謝謝你！」

「啊！」小嵐有點奇怪，「為什麼謝我？」

秦始皇説：「要不是你們出現，要不是我跟你們玩飛行棋，恐怕我現在已經沒命了。」

「啊，原來是因為這個！」小嵐一聽笑了起來，她歪着腦袋，開玩笑説，「咦，那我豈不是您的救命恩人？」

沒想到秦始皇很認真地點着頭：「絕對是！」

小嵐眨着眼睛，她沒想到秦始皇真會這樣想。

秦始皇又説：「我想我得好好謝你。你想要什

麼？金銀財寶，要多少有多少。」

小嵐笑了：「不用不用，做好事不求回報。何況，我也沒做什麼。只是剛好碰上罷了。」

秦始皇見到小嵐不圖回報，心裏更喜歡她了。他想了想，從袖子裏掏出一塊金燦燦的牌子，遞給小嵐：「我就送你一塊免死金牌吧！」

小嵐一聽，咦，史料不是說，免死金牌是漢朝才有的嗎？原來秦始皇也有呢！噢，也好啊！有這麼一個免死金牌，說不定以後能派上用場呢！

「那我就恭敬不如從命了。謝謝皇帝伯伯！」小嵐接過金牌，好奇地端詳着，「哦，原來傳說中的免死金牌是這樣的！皇帝伯伯，是不是不管我今後做了什麼說了什麼，您都不會砍我的頭。」

秦始皇大笑着說：「當然。你的腦袋一定會好好地長在脖子上，誰也拿不走！」

見到小嵐接受了他的饋贈，秦始皇顯得很高興。他看看眼前大海，望望天上一輪皓月和點點繁星，覺得心情好極了：「怪不得你一個人坐在這裏看風景，原來月亮這麼明，星星這麼亮！」

小嵐仰望麗日藍天：「是啊！可惜，兩千年後的天空，就沒有今天這麼清朗和美麗了。」

秦始皇笑了：「你這孩子想像力真是豐富，竟然想到兩千年後。」

小嵐看着秦始皇：「不，我覺得，您的想像力才豐富呢！您能想到把七個國家統一為一個國家，而且，您不但想了，而且做了，把理想變成了現實。之後，又確立中央集權的體制，統一文字、貨幣，統一度量衡；修建馳道、修建長城，開拓邊疆。」

　　秦始皇聽了很開心，但接着又歎了口氣：「我只是把理想實現了一部分，接下來，怎樣把國家治理好，才是最困難的事呢！」

　　小嵐點頭説：「我同意。創業難，守業更難。」

　　「沒想到你小小年紀，就懂得這麼多，看問題這麼透徹。要是我那些兒子都像你這般聰明就好了。」秦始皇欣賞地看着小嵐，又説，「人人都以為完成了統一大業，就可以躺下來睡大覺，享受成果了，殊不知，鞏固政權比奪取政權更難。試看現在民間多少反對聲音，多少暴民造反，就知道保住江山十分不易了。所以，我才堅持大秦舊法，苛法重典治國，才用非常手段狠狠整治那班煽動造反的讀書人。小嵐，你是個聰明的孩子，你對大秦的國情怎麼看？」

　　「我是有點小建議。不過……忠言逆耳。」小嵐看着秦始皇，調皮地説，「如果陛下不愛聽，別砍我的腦袋！」

　　秦始皇哈哈大笑：「你放心好了，我不是給了

你免死金牌了嗎？不管你說什麼，我都不會砍你腦袋。」

「謝皇帝伯伯。那我就說了。」小嵐馬上變得一臉正經，「陛下，秦孝公時推行商鞅變法，從政治、經濟、文化等各方面對秦國進行全方位的改革，對秦國的強大起到了直接的作用，商鞅變法重刑罰，這在當時的情況是必須的。那時，國家積弱，被強國欺負，外敵頻頻入侵，國土不斷丟失，而民眾也不受控制，有法難依。正所謂『治亂世用重典』，新法在當時是可行的。但是，秦在伐滅六國之後，國家面臨的情況發生了重大變化。所以，以前可以在一個地方行之有效的制度，卻不能在全國全面推行。」

秦始皇饒有興趣地聽着。

小嵐繼續說：「打個比方：百姓被徵入伍或做勞役，如果在法定限期內不能趕到目的地，按秦法就要被判死刑。但是，我們要考慮到，戰國時代秦國疆域小，百姓到服役地點路程短，所以一般不會誤時。但是到了秦朝以後國家太大了，這個制度就會出現問題。假如路上碰到突發情況，比如狂風暴雨、山泥堵路等等，就難以按期到達目的地。於情於理，大風大雨應該是一個相當有力的免責或減責理由。而秦朝刑律之失，在於不區分情節，只要發生刑律中所不允許的，就一律論處。」

秦始皇雖然也覺得小嵐説得有道理，但讓一個小女孩來抨擊他國家的法律，這未免太有損他的尊嚴了！當下，他臉色一變，喝道：「大膽，你竟敢説我大秦法律有失！」

　　也許是秦始皇的聲音太大了，而且語氣不善，所以驚動了一直在十幾米之外警戒着的貼身衞隊，五名士兵「忽啦啦」地圍了過來，手持武器對着小嵐。

# 第十一章
# 敢和皇帝對着幹的女孩

　　再說小嵐惹得秦始皇龍顏大怒，又被許多把刀子架着一動不能動，這陣勢要是換了別的女孩子，早就被嚇昏了。可是，我們的馬小嵐是「天不怕地不怕」的呀，刀槍劍戟在她眼裏，只不過破銅爛鐵一堆罷了，只見她臉不改色，把免死金牌在秦始皇臉前晃了晃，說：「皇帝伯伯，這些人是來要我腦袋的嗎？我可是有免死金牌的喲！」

　　秦始皇聽了，把對小嵐的怒氣轉嫁到那些衞兵身上，眼睛一瞪，罵道：「混帳，誰叫你們過來的，給朕退下！」

　　待衞兵退下去後，秦始皇氣呼呼地一把奪過小嵐手裏的免死金牌，說：「這免死金牌只能用一次，你得還我了。」

　　「啊，不行，還給我！」這免死金牌這麼有用，她哪肯還給秦始皇。無奈秦始皇已經把免死金牌揣在袖子裏，小嵐又不好去搶，只好坐在大石頭上生氣。

　　秦始皇得意地笑着，又說：「小丫頭，還要說

嗎?」

小嵐瞪他一眼,賭氣說:「不說了。」

秦始皇回想剛才小嵐的話,覺得其實也不無道理,於是又對小嵐說:「說,你說,我倒想知道你還有什麼高見。」

小嵐撇撇嘴說:「我不想跟您講話了!」

秦始皇說:「我看是有人江郎才盡了吧?不說就算,我還不想聽呢!」

小嵐說:「噢,您不想聽,那我就偏要說!」

說實話,小嵐也的確想把一些正確的理念告訴秦始皇,這樣,他才會理解扶蘇的一片苦心。

小嵐想了想說:「那我說說焚書坑儒。」

秦始皇最不想聽別人提「焚書坑儒」,為了這事,他背上了「暴君」之名,還因為這事把心愛的兒子扶蘇痛斥一番,之後貶到邊疆去了。這女孩是「哪壺不開偏提那壺」,還不知道她又會說出什麼不好聽的話呢!

想到此,他故意把眼睛瞪得圓滾滾的,惡狠狠地瞪着小嵐,心想,在朝堂上,多少敢言的文臣武將在自己凌厲的目光中都斂首低眉不敢說話,看你這小丫頭還敢不敢亂講。

小嵐看見秦始皇這樣子,心裏很好笑:這個皇帝一定是怕我說他殘暴,所以先發制人,嚇唬我呢!她

有心跟這位千古一帝開開玩笑，便也大睜雙眼，用毫不畏懼的目光去回瞪秦始皇。人們時常喜歡用「刀子」去形容那些厲害的目光，如果真是這樣的話，此時小嵐和秦始皇的對望，簡直會令人聽到「吭吭」的刀擊聲，看到濺着火星的刀光劍影。

不過，秦始皇首先敗下陣來，因為他的眼睛沒有小嵐的大，所以「火力」也相對較弱，另外他年紀大了眼神沒有小嵐好，跟小姑娘互瞪了一會便頭昏眼花了，所以，這個回合絕對是小嵐勝！

秦始皇一副喪氣樣子，好像一個玩遊戲輸了的小孩子，小嵐不禁「撲哧」一聲笑了起來：「我開始說了。」

秦始皇有氣無力地朝她揮揮手：「說吧。」

「是您讓我說的啊，您別又用眼睛扔刀子過來哦！」小嵐嘻嘻笑着，「我說到哪裏了？哦，是您不愛聽的『焚書坑儒』。」

說到這裏，小嵐又嚴肅起來：「秦推行郡縣制，使儒生們失去了許多做官的機會。因此，他們反對郡縣制，希望恢復分封制的呼聲也就格外強烈，因為如果實行分封制，儒生們便可到諸侯國去做大官，可以搏個好前途。這些人為了一己私利，上躥下跳，呼籲恢復分封制，拉幫結派、四處作亂。陛下感到了危機，所以才採取了『焚書坑儒』的做法。」

秦始皇見小嵐竟然如此客觀地談及這件事，不禁眉開眼笑。早知這樣，剛才就不去嚇唬這小女孩了。他豎起耳朵，留心地聽着。

偏偏小嵐不説了。秦始皇催促説：「説呀，繼續説。我喜歡聽。」

小嵐説：「現在我又不想説了，除非……」

秦始皇急忙問：「除非什麼？」

小嵐眨了眨眼睛，説：「除非皇帝伯伯把免死金牌還我。」

秦始皇很想聽下去，便馬上從袖子裏拿出金牌，往小嵐手裏一塞，説：「好好好，給你。快説！」

「嘻嘻！」小嵐把金牌放好，又開了口，「是的，您『焚書坑儒』事出有因，但是……」

秦始皇一聽這轉折詞，馬上睜大了眼睛，警惕地看着小嵐。

小嵐看了他一眼，繼續説：「但是皇帝伯伯，你有沒有想到，天下初定，人心未附，你大肆鎮壓儒生，不怕人心怨憤、百姓作亂嗎？而且，這些人也罪不至死，頂多懲罰一下，或者讓他們坐幾年牢算了，何必把人殺了？更何況，包藏禍心的儒生只是一小部分，很多都是循規蹈矩的讀書人，你不覺得這是枉殺無辜嗎？他們罪不至死，那是一條條生命啊，不是地上的小螞蟻。皇帝陛下，您太過分了！」

最後那句話，把秦始皇嚇得目瞪口呆。天哪，這普天下竟然有這樣一個小女孩，手指着皇帝鼻子，指責皇帝做了錯事！

真是大逆不道，砍十次頭都不過分！

他「霍」地站了起來，大喊一聲：「來人哪！」

眨眼間，那五名衞兵又圍了上來，這次跟上回不同了，他們清清楚楚地聽到了皇帝的呼喚。五名衞士得意地瞧着小嵐，心裏都在想，哼哼，小姑娘，快求饒吧，興許陛下還能饒你不死。

偏偏他們碰上的不是個普通的女孩，她可是「天下事難不倒」的馬小嵐啊，還怕你們五個大叔嗎？

小嵐瞅瞅他們得意的樣子，使勁哼了一聲，「嗖」一下把免死金牌舉了起來：「休得無禮，看我免死金牌在手！」

五個大叔一下子呆了，這小女孩究竟有幾塊免死金牌呀！

假的吧？因為早前聽說市集上連假的皇帝玉璽也有得賣呢！

一個衞士湊近金牌，仔細一看，馬上收起手裏的刀：「媽呀，是真的！」

其他四個衞士馬上收回手中武器，眼瞪瞪地看着秦始皇，等候命令。

小嵐又把免死金牌遞到秦始皇眼皮底下，得意地

說：「皇帝伯伯，這可是您親手給我的貨真價實的免死金牌哦，除非您説話不算數……」

秦始皇氣呼呼地看着金牌，但是又無可奈何，誰叫自己剛才只顧高興，又把金牌給這鬼靈精了。他袖子一揮，對五名衞士吼道：「滾！」

説完，又劈手從小嵐手裏奪過免死金牌：「哼，今後休想再從朕手裏拿到免死金牌，我再也不上你的當了！」

小嵐看到秦始皇氣得嘴巴呼呼出氣，把鼻子下面的鬍子吹得一拂一拂的，心裏想笑，但又拚命忍住。結果還是忍不住，哈哈大笑起來。

秦始皇見小嵐笑，開始還挺生氣的，但後來憋不住了，也跟着小嵐哈哈大笑起來。

遠處五名衞士都驚訝地往他們這邊看，都不知這一老一小一會兒怒一會兒笑的，在弄什麼名堂。

兩人好不容易忍住笑。秦始皇説：「小嵐呀小嵐，你這個鬼靈精，朕已經多長時間沒有笑得這般暢快、這般開心了。好吧，朕就饒過你。」

小嵐笑嘻嘻地説：「謝皇帝伯伯！」

秦始皇看着萬里長空，好一會兒沒作聲。過了好久才收回目光，轉頭看着小嵐：「小嵐，你曾經做過令自己後悔的事嗎？」

小嵐想了想，説：「有。小時候，有一次家裏養

的小狗做了錯事，我一氣之下把牠關到門外去了。沒想到小狗自尊心很強，竟然離家出走了。我找不到小狗，心裏後悔死了。皇帝伯伯，您呢，您有做過令自己後悔的事嗎？」

秦始皇歎了一口氣，説：「小嵐，實話告訴你，焚書坑儒就是令我後悔的事。原先我也不是想殺那麼多人的，只是命令發出後有些別有用心的人推波助瀾，令事情無法控制。」

小嵐驚訝地看着秦始皇，她萬萬沒有想到他會跟自己説這樣的話。

「這些話我從不敢跟別人説。自古以來，一國之君的話就是金科玉律，絕對正確。其實，事情發展成那樣，我也覺得是做錯了，但我能承認自己錯了嗎？絕對不能！我是一國之君啊，我是天子啊，皇帝是不會錯的，天子是不會錯的！可我心裏又明明知道自己錯了。你説，我心裏是多麼難受，多麼備受煎熬！」秦始皇一副苦惱之極的樣子，「當扶蘇在朝堂之上，痛説殺儒生的弊處時，其實我心裏何等糾結。明明知道他説得對，但是又不能不維護自己的面子和尊嚴，對他嚴加斥責，甚至把他趕出咸陽城，貶到艱苦的邊境軍營去。我想，扶蘇一定把我這個父親恨死了。」

秦始皇抱着頭，苦惱不堪。

小嵐聽到秦始皇一片肺腑之言，心裏也很感動，

她也坦誠地説：「皇帝伯伯，實不相瞞，我之前去過上郡，還見過扶蘇大哥。」

「啊，真的？！」秦始皇一聽，又驚又喜，一疊聲地問，「他還好吧？瘦了還是胖了？他有沒有很頹喪？還在傷心難過嗎……」

可憐天下父母心，看來這個被後人評價為暴君的人，也跟所有父親一樣關心自己的兒女。小嵐真誠地説：「皇帝伯伯，您放心好了，他很好。他跟我説，他一點不會恨您，在他心目中，您永遠是一個英雄。」

「真的嗎？他真的這樣説？」秦始皇聲音有點顫抖。

「當然是真的。」小嵐説。

「謝謝，小嵐，謝謝你帶給我這麼好的訊息。」

秦始皇眼裏閃爍着什麼，小嵐知道，那是點點的淚花。

這時候，有人遠遠喊着：「陛下，陛下……」

秦始皇趕緊用袖子擦了一下眼睛，然後轉過頭去，厲聲道：「何事？」

那人是趙高。他尖着嗓子説：「陛下，天晚了，該歇息了。」

「唔。」秦始皇應了一聲，又對小嵐説，「小嵐，你也休息吧，我們明天接着聊。」

趙高這時小跑着過來了，他彎着腰，謙卑地給秦始皇引路。

秦始皇問：「趙高，備用的車子還有嗎？」

趙高說：「還有一輛。」

秦始皇說：「把車子給小嵐和另外那個女孩用吧！她們跟皇兒一輛車不方便。」

趙高很為難：「那……那車子是給陛下留着的龍輦*呀！要不，我讓其他人騰一輛車出來給她們，好不好？」

秦始皇眼睛一瞪，喝道：「廢話，按朕說的去做。」

趙高嚇得一哆嗦，慌忙說：「是，是，奴才馬上去辦。」

* 輦：帝后所乘的車。

# 第十二章

## 皇帝的小福星

馬車可能碰上了什麼障礙物，猛地顛簸了一下，把小嵐和曉晴弄醒了。雖然坐的是秦始皇的龍輦，比別的馬車都要舒適豪華，但時間長了，也真有點受不了。

曉晴擦擦眼睛，嘟噥着：「討厭！這顛呀顛的，骨頭都快散架了！」

小嵐説：「大小姐，別埋怨了，現在是在兩千多年前，有這樣的車子坐，已是帝王享受了。」

曉晴沒再吱聲。她用被子蓋過頭，還想睡。

正這時候，有人在車外喊着：「嘿，漂亮妹妹，醒了沒有？快過來我的車子，我們繼續玩飛行棋！」

曉晴聽到是胡亥的聲音，氣鼓鼓地説：「吵死了！別理他。大清早的就玩玩玩，真煩人！」

偏偏胡亥不管不顧的，仍在外面扯着嗓子叫嚷：「小嵐、曉晴，太陽出來啦，起牀啦！再不答應，我上車來掀你們被子……」

曉晴一聽便尖叫起來：「別別別！小嵐，別讓他

上來！」

「討厭鬼！」小嵐嘟嚷着。如果再不理他，説不定這傢伙真會上車來胡攪蠻纏呢！

「好啦好啦，我們等會就過去！」小嵐沒好氣地應了一聲。

胡亥喜滋滋地説：「好，快點啊！我已經給你們留了早膳。」

小嵐和曉晴去到胡亥馬車時，見到胡亥和曉星一副劍拔弩張的樣子。胡亥用袖子蓋着桌上什麼東西，而曉星就張牙舞爪的，一副準備撲食的樣子。

見到小嵐她們，胡亥就氣哼哼地投訴：「你們這兄弟可真能吃！剛才都裝了一大堆東西進肚子了，還想吃！我給你們留了隻燒雞，他卻老是打那兩條雞腿的主意！」

也難怪，自從穿越到秦朝，就沒有多少肉進肚子，在扶蘇那裏，除了吃了一頓羊肉，就都是素菜。這對無肉不歡的曉星來説，簡直是個大災難。

「女孩吃太多肉不好，會發胖的，胖了不好看。我是幫她們呢！」曉星還好像挺懂事的呢！

曉晴一屁股坐在桌子前，一手扯去了一隻雞腿：「在這個鬼地方，還需要減肥嗎？」

見曉晴不賣賬，曉星又望向小嵐：「小嵐姐姐，你……」

小嵐伸手扯下了另一隻雞腿，大口吃着：「我從來不減肥！」

曉星可憐巴巴地看着小嵐和曉晴吃雞腿，口水都快流出來了。小嵐心裏好笑，把盤子裏的雞往曉星面前一推：「好啦，剩下的給你！」

曉星大喜：「謝啦！」

這邊胡亥早已把飛行棋棋盤鋪好，又急不及待地嚷嚷着：「喂，你們吃好沒有，快來玩呀！」

好不容易等到小嵐他們吃完早飯，卻聽到車外有人叫道：「公子，公子！」

胡亥不耐煩地說：「什麼事？」

那人說：「公子，我是趙高。陛下命我過來請小嵐姑娘。」

胡亥一聽，很不高興：「什麼？父皇找小嵐幹什麼？」

趙高說：「奴才不知道。」

胡亥不想放小嵐走，但又不敢違抗父親，只好快快地說：「小嵐，你去吧！快點回來啊！」

小嵐跳下車，趙高臉上露出一副諂媚的笑容，討好地對小嵐說：「小嵐姑娘，請跟我來！」

小嵐不卑不亢地點點頭，跟在趙高後面。

趙高身形略胖，走起路來背有點駝，想是平日習慣了在秦始皇面前點頭哈腰之故。小嵐看着前面這個

人，心裏無比厭惡。就是這個人，為了一己私慾，害死扶蘇和蒙恬，造成了中國歷史上最大的冤案。又是這個人，在秦始皇死後把持朝政，指鹿為馬、排除異己、殘害忠臣⋯⋯

小嵐很有一股衝動，想一腳把這個歷史罪人踢倒在地，再用腳把他踩踩踩踩踩，踩上一千次，一萬次。

正想着，已來到秦始皇車前，趙高伸手想扶小嵐上車，小嵐本能地一閃，躲開了他的手，自己輕輕一縱身，跳了上車。她不想趙高的手髒了自己。

趙高神情變得陰森，但很快地又換上了媚笑。他隨着小嵐上了車。

秦始皇坐的車廂被布簾隔成前後兩半，前面站了兩名小太監，見到小嵐和趙高上來，忙彎腰行禮：「趙大人！小嵐姑娘！」

趙高昂着頭用鼻子「哼」了一下，然後又馬上彎下腰，換了另一種神態和口氣，說：「陛下，小嵐姑娘來了！」

聽到秦始皇應了一聲：「好，讓她進來。你和其他人都下去吧！」

趙高用手掀起布簾，對小嵐說：「小嵐姑娘，請！」

秦始皇正用手撐着頭，在書案前閉目養神，見到

小嵐，坐正身子，笑着招呼她坐下。

「謝皇帝伯伯！」小嵐也不客氣，坐到秦始皇對面。她一點不知道，自己是天下唯一一個跟秦始皇平起平坐的人呢！連他的兒女，在他面前都只能站着說話。

秦始皇對趙高說：「拿壺酒來。」

小嵐說：「皇帝伯伯，別喝那麼多酒，會傷身子的。」

秦始皇說：「這是趙高自己釀的，酒勁不大，說是能養生，我喝了三四年了。」

秦始皇看了看外間，見趙高和幾個太監都下車了，就很鄭重地對小嵐說：「小嵐，我昨晚想了一晚，覺得你說得很對。秦朝剛統一，人心未穩，而施行暴政會大傷民心，令民亂四起。但錯已鑄成，朕可以怎樣彌補呢？朕想聽聽你的看法。」

小嵐毫不猶豫地說：「效法古人，檢討自己過失，下罪詔己。」

秦始皇大吃一驚：「下罪詔己？」

小嵐說：「有何不可！歷史上的夏朝君主大禹，眼見有人犯罪，深感內疚，認為自己沒有當好這個帝王，於是自省自責，主動承擔失查和保護的責任。商朝第一位君主商湯，也公告天下，檢討了他自己的過錯；陛下先祖秦穆公，在勞師動眾遠征慘敗、付出數

萬將士的性命後，也寫了『罪己詔』，提及『國家有危險，是因為我一人之過；國家安寧，也是因為我的原因』。」

秦始皇低頭沒作聲，他無法想像，以一國之君去「罪己」，承認自己錯誤，是一件多麼可怕的事。一個犯錯的君王，臣民還會信任他嗎，還會擁護他嗎？

小嵐看穿了秦始皇的內心，她說：「事實證明，發過『罪己詔』的君王，臣民會對他更加愛戴，更加擁護。因為他們相信，一個敢於自我批評的君王，勇於改正錯誤的君王，能更好地管治國家，更好地帶領國家走上強國富民的道路。」

秦始皇心中疑慮解決了，他好像放下了什麼，開心地說：「好，小嵐，朕聽你的，回到咸陽後，我就下一道『罪己詔』，檢討自己做錯的事。希望這樣做會彌補自己過失。」

「謝謝陛下！」小嵐又補了一句，「皇帝伯伯，其實，您兒子已經在替您彌補了。」

秦始皇有點迷惘：「你說什麼？誰替我彌補了？」

「是扶蘇大哥。」小嵐把扶蘇怎樣節衣縮食，怎樣賣掉所有值錢的東西，去接濟承恩村那些儒生和家屬的事，告訴了秦始皇。

「啊，扶蘇我兒，父皇實在對不起你！」秦始皇

滿眼是淚，他長歎一聲，說，「這兩年，我為了對扶蘇作出彌補，派人給他在上郡建了公子府，雖然簡陋，總比住軍營好，還特別發放多一點俸祿給他，希望他日子過得好些。沒想到他竟拿去接濟別人！那些俸祿接濟整條村村民，他自己還能剩下多少呢！」

小嵐說：「是啊。他幾乎把所有的錢都拿去接濟承恩村的村民，自己長期過着儉樸的生活。扶蘇大哥真是個好人！」

秦始皇說：「我會好好給他補償的。」

這時候，趙高在外面叫：「陛下，陸大夫送藥來了。」

秦始皇說：「讓他上來吧！」

一會兒，一個年紀五十上下的男人揭開布簾，他把手裏拿着的一碗中藥輕輕放在書案上，說：「陛下請服藥。」說完，靜靜地站在一旁。

一陣濃烈的中藥味馬上充滿了車廂。

秦始皇拿起碗，仰頭「咕咕咕」一口氣把藥喝完了。

小嵐關心地問：「皇帝伯伯，您哪裏不舒服？」

秦始皇說：「有一段日子了，沒有什麼大病，只是身子一日比一日疲倦，吃了很多藥都沒好。」

小嵐問站在一旁的陸大夫：「請問大夫，陛下得的是什麼病？」

陸大夫微微躬了躬身子，有點惶恐地說：「陛下早前偶染風寒，本來不是什麼大病，只須藥物調理很快就可以康復。但可能小人學藝不精，給陛下以中藥調理一段日子了，陛下身體仍不見好。小人實在該死。」

秦始皇揮了揮袖子，說：「廢話少說。你是宮中最有本事的大夫，之前也醫好了朕許多毛病。這次的病久未痊癒，是朕本身的問題，不關你的事。」

陸大夫說：「謝陛下不怪罪小人。但小人心內不好受。」

秦始皇擺擺手，說：「沒事。你下去吧！」

陸大夫退下了。

秦始皇又繼續剛才的話題：「小嵐，與你一席話，朕心裏亮堂許多。全天下就只有你敢跟朕講真話，你的許多看法、謀略，比朝中大臣還要令朕折服，令朕茅塞頓開。看來，你真是朕的小福星呢！」

小嵐聽了，想起之前萬卡說她是小福星的事，不禁笑了起來：「嘻嘻，說這話的不止皇帝伯伯一個呢！」

「是嗎？那就更證明朕說對了。看來，你真是上天賜給朕的福星，以後，你就留在朕身邊，幫朕出謀劃策。還有，時時提醒朕不要犯錯。」

# 第十三章
## 胡亥落水命危

這天，車隊來到了平京行宮。因為秦始皇身體不舒服，所以決定在行宮住幾天，之後再起行回咸陽。

行宮是古代專供帝王出行時居住的官署或住宅，雖然遠遠不及皇宮豪華舒適，但比起在馬車上的顛簸，已是天同地比了。

曉星跑進分給他住的房間，倒在寬敞的牀上連聲叫嚷：「舒服，好舒服！」

突然見到屋裏站着一個太監，他慌忙站了起來，問道：「你是誰？在這裏幹什麼？」

太監恭恭敬敬地說：「星公子，奴才是來侍候你的。公子有什麼要奴才做的，只管吩咐。」

曉星想了想，說：「本公子現在要出去。你去廚房看看有什麼好吃的，拿回來放着，我回來時吃。」

「是！」太監應了一聲，轉身走了出去。

曉星跑到隔壁曉晴房間參觀，之後又拉着曉晴咋咋呼呼地跑去小嵐房裏。

「哇，小嵐姐姐的房間比我們的都大，我也要這

麼大的房間！」

「真計較！你以為我們要在這裏長住嗎？」小嵐瞪了曉星一眼。

曉星朝小嵐眨了眨眼睛，説：「小嵐姐姐，我們現在已經完成了計劃的第一步，成功打入……」

「噓，小聲點。」小嵐把食指攔在嘴邊。

曉星一看，咦，有幾個小宮女在裏屋收拾牀鋪呢！他伸了伸舌頭，又小聲地説：「我們已經成功打入皇帝伯伯的隊伍了，下一步怎麼辦？」

小嵐説：「按歷史記載，皇帝伯伯的病會越來越重，很快就會不治，接着趙高就假傳聖旨，害死扶蘇大哥和蒙將軍。所以，我們現在應該想辦法治好皇帝伯伯的病，或者起碼令他的病不再嚴重下去，只要他能活着回到咸陽，那趙高的詭計就難以實行了。」

曉晴説：「我們又不是醫生，怎樣能幫皇帝伯伯呢？」

曉星説：「嘿，早知道我們和萬卡哥哥一起穿越來這裏就好了，萬卡哥哥一定能把皇帝伯伯的病治好。」

小嵐説：「我聽那位陸大夫説，皇帝伯伯之前只是一般的感染風寒，但不知為什麼總是不見好，而且還有嚴重的趨勢。」

曉晴説：「我想一定是這個大夫醫術不夠高

明。」

小嵐說：「應該不是。傷風感冒不是什麼疑難雜症，一般醫生都能醫，何況陸大夫是宮中有名的大夫呢！」

曉星轉了轉眼珠，說：「我知道了！肯定是那個大夫是壞人，他故意不把皇帝伯伯治好！」

小嵐搖搖頭：「陸大夫不像是這種人，他看上去很老實的。」

曉晴說：「那不用問了，一定是像很多宮廷內鬥劇集的情節那樣，藥裏被人放進了慢性毒藥。」

曉星騰地站了起來，說：「我明白了，是趙高那傢伙，一定是他在皇帝伯伯的藥裏做了手腳！」

小嵐點點頭：「嗯。我得找個時間向陸大夫了解一下情況。」

這時聽到有個小宮女在門外小聲說：「嵐姑娘，陛下派人送東西來了。」

小嵐說：「進來！」

三名太監走了進來，他們手裏都捧着一疊衣服。領頭一名眼睛大大的小太監說：「嵐姑娘，陛下命我們送來新衣六套，嵐姑娘和晴姑娘星公子每人兩套。另外還有兩套化妝品和首飾，是分別給兩位姑娘的。」

曉晴和曉星一聽，忙不迭地接過屬於自己的衣

服。自來到秦朝之後，一開始就穿得破破爛爛的像乞丐，後來到了上郡軍營，有扶蘇大哥照顧，總算穿得好點了，但因為是別人的衣服，總是有點衣不稱身的。

曉星把外衣脫下，試穿起新衣服來了。曉晴拿起新衣服，見到做工精細，布料又好，在身上比比，十分合身呢！首飾是些頭花和耳環，都很漂亮；又拿起那些化妝品細看，古代化妝品雖然沒有現代的多樣化，但起碼最需要的胭脂呀、口紅呀、眉筆呀都有了，這叫一向愛漂亮的曉晴開心死了。

曉星穿起新衣服，大小剛好，他高興得一疊聲朝大眼小太監說：「太好了，哥哥，謝謝你哦！」

「有勞公公。」小嵐收下衣服，又回頭吩咐宮女，「秋月，給公公倒茶。」

「謝謝嵐姑娘！」小太監說着，眼裏竟冒出淚花。

他接過宮女遞給他的茶，一飲而盡，然後對小嵐說：「奴才趕着回去覆命，謝謝嵐姑娘的茶。」

小嵐微笑着說：「不用謝，慢走。」

曉星又朝小太監喊了一聲：「哥哥，有時間來找我們玩！」

「謝謝！」大眼睛太監眼含淚水，低着頭匆匆退出去了。他怎麼啦？原來，這些太監一向地位低微，

被人瞧不起，那些王孫公子更是動不動就又打又罵，不把他們當人看。見到幾位陛下的小客人對他如此客氣，心中感動，不禁落下淚來，又恐失禮，便急忙離開了。

穿上新衣服，大家都很開心，曉星提議道：「離吃晚飯還有一段時間，我們出去玩玩怎麼樣？咦，對了，我看見外面有一個湖，我們去划船好不好？」

曉晴首先讚同：「好啊好啊，好久沒划船了。」

小嵐素來喜歡運動，便也表示贊成。她喊了一聲：「秋月！」

宮女秋月馬上走過來，彎腰行禮：「請問嵐姑娘有什麼吩咐？」

小嵐說：「你馬上去找趙大人，要他幫忙準備一條船，我們要去湖裏划船。」

秋月說：「是，奴婢馬上去辦。」

秋月去得有點久，曉星一直嘟嚷着「怎麼還不回來」，幸虧之前遣去拿食物的小太監送來了吃的，才把他的嘴堵住了。

半個時辰之後，秋月才回來，她說：「趙大人已經找人準備了一條小船，繫在湖邊，嵐姑娘可以去划了。」

三個小伙伴興沖沖出了行宮，朝湖邊走去。曉星說：「怎麼不見了那公子哥？」

小嵐説：「皇帝伯伯要去附近一間廟宇拜神，要他陪着去。」

說話間已到了湖邊，見到湖邊果然繫了一隻小船。一個小太監站在湖邊，把小嵐他們一一扶上船。三個小伙伴正準備解開船纜，突然聽到一陣呼叫：「等一等！」

一看，是胡亥氣喘吁吁跑來了。跑到湖邊，他埋怨説：「你們真不夠朋友，去划船也不叫上我！」

曉星説：「你不是要去寺廟拜神嗎？」

「本來是的。」胡亥得意地説，「不過，父皇和一幫臣子跪在老和尚後面聽唸經文時，我就偷偷溜出來了。他們全都閉着眼睛，沒看見我。」

胡亥説着，便在小太監攙扶下上了船。

「開船囉！」曉星大喊一聲。

「一、二、三！一、二、三！……」小嵐和曉晴曉星一齊喊着號子，划得很好。但胡亥卻手忙腳亂的。

原來他是不會划船的呢！看他笨手笨腳地把船槳插進水裏，誰知一下插得太深，一下握不住木柄，船槳掉進水裏去了，而小船也被他弄得轉了方向。

小嵐和小伙伴哈哈大笑起來。曉星説：「喂，公子哥，你乾脆乖乖地坐着不動好了，你現在是阻着地球轉呢！」

胡亥只好怏怏地坐着。

小嵐和小伙伴繼續划着，小船漸漸划向了湖心。

突然，曉晴叫了一聲：「啊，怎麼這麼多水？」

大家一看，都嚇了一跳，原來不知什麼時候，船的底部滲了很多水進來。

仔細觀察，發現船底漂着一塊小木片，而船底有

個長方形的洞，跟小木片形狀一樣。這塊小木片剛才一定是用來堵着船底的，現在受到水的壓力，掉了出來。

小嵐一愣，是誰這麼粗心大意，把一條破船給他們划！

是粗心大意嗎？

沒容小嵐多想，水越進越多了，小船也開始往下沉。

小嵐説：「我們趕快往回划，船要沉了！」

「天哪！誰那麼壞，給條破船我們！」曉晴尖叫着，一邊用槳使勁划。

曉星哇哇大叫：「船要沉啦，要沉船啦，快划呀！」

胡亥卻臉色蒼白，害怕地説：「我不會……」

話沒説完，船一側，翻了，船上所有人全掉進了水裏。

# 第十四章
# 大秦公主

岸上的小太監遠遠見到，嚇得大喊起來：「救人哪，救人哪！」

小嵐水性好，很快冒出了水面，她緊張地搜索着朋友們身影，見到隨着「嘩嘩」的水聲，曉晴曉星也掙扎着浮上了水面。可是，卻不見了胡亥。

「公子哥！公子哥！」三個人大喊。

小嵐説：「曉晴曉星，這湖水挺深的，你們水性不怎麼好，趕緊游回岸上去吧！我潛下水去找公子哥！」

曉晴曉星擔心小嵐，不肯先走。

「你們留下來沒用的，反而令我分心。」小嵐以不容反抗的聲音喊道，「快走，快上岸去找人幫忙。」

「那你小心點。」曉晴曉星只好向岸上游去。

小嵐自小會游泳，後來到了烏莎努爾，萬卡又教了她不少泳式，所以技巧大為提升。她大大地吸了一口氣，然後屏住氣息，往水中一插，潛到水下了。

她努力睜大眼睛搜索着胡亥的身影，但是沒有發現。她心裏有點着急了，剛才小船翻側之前，聽到胡亥說了一句「我不會⋯⋯」想來應是想說不會游泳。

　　小嵐憋不住了，她浮上水面，深深吸了一口氣，又再潛到水下，緊張地搜索着。啊，看見了，她看見胡亥了，離自己不遠的地方。有個軟軟的身體，在一點一點地下沉着。

　　她拚盡全力游了過去，一把拉住胡亥的手，又馬上用雙腳踩着水，一下一下地往水面升上去。

　　眼前一亮，出了水面了。她用一隻手托着胡亥，一隻手划水，向岸邊游去。

　　這時，聽到一片叫喊聲：「公子！公子！」「小嵐，小嵐姐姐⋯⋯」

　　小嵐望向岸上，見到站了許多人，有太監，有衛士，有大臣，又見到多名衛士已跳下水，往小嵐這邊游來。

　　「亥兒！亥兒啊！」一聲驚叫蓋過了所有人的聲音，小嵐聽出，那是秦始皇的聲音。聲音很淒厲，帶着哭腔。

　　這時，小嵐已經快挺不住了，托着胡亥的手已開始發軟，幸虧這時幾名衛士已經游了過來，接過了胡亥。一名衛士又托着她，支持着讓她自己游到岸邊。

　　當胡亥被衛士輕輕放在地上時，秦始皇一點不顧

儀態地撲了過去，跪倒在兒子身邊，大叫：「亥兒！亥兒！」但胡亥雙目緊閉，全無聲息。

「陸大夫！陸大夫！」秦始皇吼着。

「陸大夫去鎮上給您配藥去了，只有陳大夫在。」一旁的趙高回答着，他又扭頭喊了一聲，「陳大夫，陳大夫在哪？快過來！」

一名大夫慌慌張張跑了過去，秦始皇連忙讓開，臉色蒼白地在一邊看着。

大夫拿起胡亥軟軟的手，在脈門處摸了一會兒，又把頭擱在胡亥胸口，聽了聽，他抬起頭，臉色刷白，看着秦始皇不發一語。

秦始皇見他不說話，急了，吼道：「亥兒怎麼了，再不說我砍你腦袋！」

「陛下……饒命！」大夫一下子跌坐地上，渾身發抖，「陛、陛……陛下，公子……公子他……他已沒了脈動……沒了……心跳……」

「啊，你胡說！我亥兒不會死的？你竟然詛咒亥兒死，我等下砍了你的腦袋！」秦始皇兇狠地瞪着陳大夫，又喊道，「大夫，還有大夫嗎？陸大夫回來了沒有？」

小嵐一上水便被曉晴曉星扶着坐到草地上，剛才為救胡亥損耗的體力還沒恢復，她仍渾身無力。

聽到大夫的話，她心裏一愣，啊，胡亥死了！她

本能地站起來想過去看看，被曉晴一下拉住了。曉晴在她耳邊小聲説：「你別管了，可能是天意呢！胡亥死了，就沒有人跟扶蘇大哥爭皇位了，趙高也沒辦法假傳聖旨害扶蘇大哥了。」

曉晴的確説得有道理呢！小嵐不由自主又坐回草地上。

「啊……亥兒，亥兒，你不能死，不能死，不能死啊……」秦始皇見沒人應聲，無助地撲到胡亥身上，大聲嚎哭着。一代帝王的天威消失飴盡，此刻，他只是一個失去愛兒的可憐父親。

瞬間，在場五六十人，包括大臣、大夫、衞士、太監、宮女，一齊跪了下去，全都大聲呼號：「公子啊，你不能死，不能死啊……」

秦始皇的哭聲、人們的呼號一下下錐着小嵐的心，她看着躺在地上一動不動、生命正在一點點離去的胡亥，心裏萬分矛盾。見死不救，這實在過不了自己良心那一關。

秦始皇繼續哭喊着：「亥兒啊，是誰害死了你？我要殺死他們，給你報仇，我要把所有害你的人全部殺光……」

小嵐突然出了一身冷汗。心想，要是胡亥就這樣死去，那不知有多少人會因為「謀殺」或「救助不力」的罪名而被砍頭！想到這裏，她再也坐不住了，

推開曉晴的手，衝到胡亥面前：「皇帝伯伯，你們都讓開，我來試一試。」

秦始皇收住哭聲，驚訝地看着小嵐：「你、你懂醫術？」

小嵐說：「略懂吧！不管怎樣，我也要試一試！」

她看見路旁正停着秦始皇的馬車，便命令一旁幾個衛兵：「快，把公子抬到車上。」

幾名士兵應了一聲，迅速把胡亥抬上車，平放在牀上。

小嵐說：「全部人下車，我要給公子運功。」

小嵐把所有人趕下馬車，連秦始皇都不讓留下。因為她要給胡亥進行心外壓和人工呼吸，而這做法是絕對不能讓這年代的人看到的。

小嵐在車裏不斷地努力着，做一會兒心外壓，又做一會兒人工呼吸，就這樣進行了幾分鐘。

小嵐累極了，她再也無法堅持，就在她要放棄的時候，突然見到胡亥動了，緊接着，「哇」的一聲吐了很多水出來。

小嵐高興極了，她揭開車簾，朝外面喊着：「醒了，公子醒了！」

馬上聽到一片歡騰，秦始皇急急地登上車，撲到胡亥牀前。見到胡亥睜着眼睛看他，秦始皇竟「哇」

一聲哭了出來，他拉住胡亥的手，叫道：「亥兒，朕的心肝寶貝，你活過來了，你活過來了！」

胡亥虛弱地喊了聲「父皇」，他又問：「我剛才掉進水裏，是誰把我救上來，我剛才好像做了個夢，夢見自己死了，沒法呼吸，又是誰把我救活的？」

秦始皇拉住小嵐的手，對胡亥說：「是小嵐，是小嵐救你的！」

胡亥小聲說：「漂亮妹妹，謝謝你！」

秦始皇感動地看着小嵐，說：「小嵐，你之前救了朕，現在又拯救了亥兒，叫朕怎樣感謝你好呢？」

小嵐笑道：「皇帝伯伯，小嵐只是做了該做的事，不用謝我。」

秦始皇感動地看着小嵐說：「沒想到在朕的國家裏竟然有你這麼好的女子。勇敢、善良、聰明、能幹，還能替朕消災解難，還會運功救我兒子，而且，還絕頂美麗……天哪，朕擁有天下，擁有江山，怎就沒擁有像你這麼完美的女兒呢！難道你是上天派下來幫我的嗎？！」

小嵐看着秦始皇激動的神情，笑着說：「皇帝伯伯，您太過誇獎我了。」

「不，一點不過！」秦始皇認真地說，「我得給你一個官做。可是，本朝沒有女官這先例，怎麼辦？這樣好了，沒法封你官，就給你尊貴的地位，朕封你

為公主。」

小嵐嚇了一跳，心想：「啊，又封我公主！」

是啊，算起來，小嵐已經是五個國家的公主了。數數看——烏莎努爾公國公主、胡魯國公主、烏隆國公主、胡陶國公主，還有大明王朝的公主。

躺在牀上的胡亥聽到這裏，竟一骨碌爬起牀，拍手道：「父皇英明，應該封小嵐為公主！」

這秦始皇也是個性急之人，馬上他就朝外面大喊一聲：「趙高，進來！」

外邊趙高馬上應道：「是，陛下！」

趙高上車，掀起布簾，躬着腰問道：「陛下，有什麼吩咐？」

秦始皇說：「你馬上給朕擬旨，天賜福星馬小嵐，在多次危急關頭救朕和公子，功不可沒，朕秉承天意，封小嵐為大秦公主，封號寧國……」

趙高一聽嚇了一跳，竟愣愣地沒有反應。

秦始皇有點不高興，說：「你怎麼啦！」

趙高這才清醒過來，馬上說：「哦，是，是！奴才馬上去擬旨。」

秦始皇說：「朕先送亥兒和小嵐他們回去換下濕衣裳。你擬好旨後，就送到議政殿去。」

趙高說：「是，陛下！」

秦始皇叫曉晴曉星也上了車，把幾個孩子送回住

處，讓他們換下濕淋淋的衣服，之後又把他們接到議政殿。

大家坐下不久，趙高就捧着一份寫好的詔書進來，彎腰遞給了秦始皇。秦始皇接過看了一遍，說：「好！趙高，你馬上叫所有大臣前來聽旨。」

不一會兒，丞相李斯帶同隨行的所有大臣來到了議政殿。一見秦始皇，便全都俯伏在地，三呼萬歲。

秦始皇朝趙高打了個眼色，趙高大聲說：「陛下有旨！馬小嵐聽封！」

小嵐起身，走到秦始皇面前跪下。

趙高展開竹簡，大聲唸道：「奉天承運，皇帝詔曰：今有上天派遣福星馬小嵐，於危難之中救朕及公子胡亥一命，功不可沒。朕秉承天意，賜封馬小嵐為大秦公主，封號寧國。欽此。」

小嵐接過聖旨，說：「謝陛下聖恩。」

眾大臣跪拜，齊聲道賀：「恭喜寧國公主，賀喜寧國公主！」

小嵐大方地微笑着：「眾卿家免禮！」

曉晴和曉星站在下面，驚訝地看着大方接受大臣朝拜的小嵐。曉晴很羨慕：「小嵐可真厲害，連穿越時空也能撈個公主當。自己怎麼就沒這個福氣呢！」

曉星顯得歡喜雀躍：「這下好了，小嵐姐姐當了大秦公主，我以後一定會有很多好東西吃！」

# 第十五章
## 小太監說出的驚人真相

當晚，為了慶賀胡亥死裏逃生以及小嵐封寧國公主，秦始皇儘管身體不舒服，還是大排筵席。小嵐被安排坐在皇帝的右手邊，跟胡亥打對面，那可一向是皇帝的兒女坐的位置啊！

小嵐如此榮寵，所以一些好巴結的大臣便不惜卑躬屈膝，紛紛向這位可以當自己兒輩孫輩的小女孩敬酒巴結，令小嵐好生厭煩。

晚宴進行了一半，小嵐就借口宴會廳空氣有點悶，跟秦始皇說出去吹吹風，逃也似的跑到了花園裏。

月兒彎彎，天高雲淡，涼風送爽，小嵐盡情地吸了幾口清新空氣，心裏舒服多了。

忽然聽到不遠處有腳步聲，有人往這邊走來。小嵐仔細一看，馬上驚喜地喊了起來：「陸大夫，你回來了！」

陸大夫到鄰近市鎮給秦始皇購買一應藥材，一去幾天，小嵐找了他幾回都未能見到面。

陸大夫見是小嵐，忙說：「小嵐姑娘，我傍晚才回來，剛剛整理好買回來的藥材，正要回房歇息呢！」

小嵐說：「大夫請留步，小嵐有事想請教大夫。」

陸大夫：「小嵐姑娘，哦，該叫寧國公主了。寧國公主不用客氣，有什麼即管問。」

小嵐說：「大夫回來後有給陛下把脈嗎？陛下有沒有好轉？」

「我一回來就去了給陛下看診。」陸大夫歎了一口氣，說，「很遺憾，陛下這幾天不但沒好轉，而且還差了一些！」

小嵐說：「聞得大夫醫術高明，一向藥到病除，但現在卻無法醫好陛下。陸大夫，你有沒想過，是什麼原因？」

陸大夫神情困惑：「我把藥方琢磨了很多遍，方子沒有問題，真不知道陛下為什麼一直沒好轉。」

小嵐說：「會不會是熬藥的環節出了問題？」

陸大夫搖頭說：「不會。藥是由我親自配製，又由我監督兩個徒弟熬煮，而且每次藥煲好後，我都會嚐一點兒，又聞聞氣味，如果有什麼異樣我肯定會發現。」

小嵐想了想，說：「那就是說，即使有人想通過

藥物來害陛下，也無從下手。」

陸大夫說：「對。」

小嵐見問不到什麼，便說：「陸大夫，你也累了，回去歇息吧！」

陸大夫行了個禮：「謝公主。在下告退！」

陸大夫走後，小嵐仍坐在花園裏沉思，如果沒辦法令秦始皇身體好轉，那就只能在秦始皇去世時，想辦法阻止趙高假傳聖旨的陰謀了。

正在這時，見到有光線向這邊移動，又聽到有把男孩子的聲音：「小嵐姐姐去了哪裏呢？也不說一聲，讓我們好找！」

又有把女聲說：「八成在花園裏。她喜歡清靜。」

小嵐聽出是曉晴姐弟，忙大聲說：「哎，我在這裏！」

曉晴和曉星很快跑了過來。曉星埋怨說：「小嵐姐姐，你怎麼一個人跑了出來，也不叫上我們。」

小嵐說：「我看你吃得那麼起勁呀，那麼有滋有味呀，才不敢壞了你的好事呢！」

曉晴說：「是呀是呀，他啃完的那堆雞骨頭，足有一呎高。」

曉星說：「哪有一呎高！頂多十一吋吧……」

小嵐瞟了他一眼：「怪不得你肚子圓鼓鼓的，快

趕上你的好朋友笨笨了。」

曉星低頭看着自己肚子，嘟着嘴説：「小嵐姐姐，你好誇張啊！我哪像笨笨，笨笨的肚子可大呢，快拖到地上了！」

曉晴聽了，笑得按着肚子。

曉星委屈地説：「笑什麼，笑死你！」

小嵐從石頭上跳了下來，説：「別鬧了，我們辦正經事去。」

曉星説：「辦什麼正經事？」

小嵐説：「破案呀！」

曉星一聽便高興地説：「破案？好啊，我很久沒跟小嵐姐姐一塊破案了。小嵐姐姐，破什麼案？」

小嵐説：「你們不覺得今天下午那件事有問題嗎？那小船為什麼破了個小洞，既然破了，又為什麼只用一小塊木片堵住，還有，為什麼我們偏偏就坐了這條船⋯⋯」

曉晴一聽便説：「是呀是呀，我也在懷疑。」

曉星氣鼓鼓的：「是哪個壞蛋要害我們！」

小嵐説：「我們現在去湖邊，再仔細檢查一下那條小船，看看能不能找到更多線索。」

曉星説：「好，馬上去，找出要害我們的人，讓皇帝伯伯好好懲罰他！」

三個小伙伴打着小燈籠，走到了白天划船的湖

邊。靜悄悄的，一個人也沒有，正是查找線索的好時機。

可是，船呢？只見湖邊空蕩蕩的，那條船不見了。

小嵐說：「看來我們來遲了一步，作案者已經把證據毀滅了。」

曉星一頓腳：「哼，便宜了那大壞蛋！」

正在這時，見到湖邊有個黑影一閃。

「誰？」小嵐喝了一聲。

那黑影跑進了湖邊的小樹林。

小嵐說：「有蹺蹊，快跟上！」

三個小伙伴急忙追了上去。

這時黑影停了下來，一回身，原來是個小太監。

小嵐說：「你是誰？幹嘛見了我們就跑？」

小太監朝小嵐行了個禮，說：「寧國公主，你不認得奴才了？」

這時，曉星把手裏的燈籠提高了點，見到小太監睜着大大的眼睛看着他們。

「是你！」三人異口同聲說。

曉星說：「噢，你是白天給我們送衣服的那個哥哥，你為什麼這樣鬼鬼祟祟的？」

小嵐說：「你是……是故意把我們引到這裏來的？」

小太監說：「公主真聰明。外面說話不方便，所以我故意帶你們到這林子裏。公主，你們要小心趙大人，他想害你們呢！」

小嵐心裏「咯噔」跳了一下，問：「你是說，下午翻船的事是他做的？」

小太監點了點頭：「是的。今天下午，我正在這小樹林裏給陸大夫撿木棉花做藥。忽然聽到有人說話。我無意中看了一眼，見到趙大人帶着一個衛士在一隻小船上忙些什麼，見那衛士拿着一把刀子，在船裏又是砸又是挖的。過了一會兒，又聽到衛士問趙大人窟窿夠不夠大。我當時沒怎麼留意，還以為趙大人帶着人在修船。後來，你們坐的船翻了，公子胡亥還差點喪了命，我把之前看到的聯繫起來，才明白趙大人帶着衛士不是修船而是砸船。」

曉星氣得一頓腳：「原來是那個指鹿為馬的壞傢伙要害我們！」

曉晴咬牙切齒地說：「這傢伙真壞，害我扶蘇大哥不算，還想害我們。」

曉星說：「哥哥，那你怎麼不站出來指證趙高，讓皇帝伯伯把他抓起來？」

小太監說：「唉，我口說無憑，誰會信我呢？你們不知道趙大人勢力有多大，如果我把事情說出來，恐怕現在已經被他殺了。」

小嵐説：「小公公説得對，趙高一定會反咬他誣諂的，那時不但不能把他治罪，反而先送了命。」

小太監説：「謝謝公主體諒。其實我心裏一直很不安，恨自己沒勇氣揭發趙大人。但我想一定要把事情真相告訴你們，讓你們提防趙大人。」

小嵐説：「小公公，謝謝你。其實你敢把事情告訴我們，已經很勇敢了。我們會提高警惕，保護好自己的。你自己也要小心，別讓趙高知道你發現了他的罪行。」

小太監説：「謝謝公主，我明白的。哎，告訴你們一件可怕的事，下午替趙大人砸船的那名衛士，剛剛聽説失蹤了。我想一定凶多吉少，一定是被趙大人殺人滅口了。」

曉晴嚇壞了：「天哪，太可怕了！」

小太監看了看周圍，説：「我要回去了，如果讓趙大人的人看見我跟你們在一起，會懷疑我的。」

小嵐説：「哎，一直忘了問，你叫什麼名字？」

小太監説：「我叫小五。」

小嵐説：「小五，謝謝你。你快回去吧！路上小心。」

小太監朝小嵐行了個禮，轉身急急地走了。

曉星説：「小嵐姐姐，怎麼辦？壞蛋趙高一定察覺我們是忠的，是來幫扶蘇大哥的，所以要害死我

們。」

曉晴說：「小嵐，我害怕！」

小嵐說：「事情還沒有那麼糟。我想趙高也不會明目張膽害我們的，只要提高警惕，讓他沒法下手就行了。」

曉星一挺胸脯，說：「小嵐姐姐，放心吧，有我呢，我是男子漢，我保護你們！」

曉晴用輕視的眼神看了曉星一眼，說：「就憑你？」

曉星拍拍胸口，說：「是啊，不行嗎？」

小嵐說：「行行行，曉星有這種精神，值得表揚哦！以後，曉晴的安全就交給你了。」

曉星一開始很高興，但聽到後來，又有點委屈：「怎麼，小嵐姐姐，你怎麼不讓我保護？」

小嵐又好氣又好笑，哄他說：「我怕你保護兩個人會太累呢！好吧，就辛苦你，連我也保護吧！」

曉星高興得昂首挺胸：「好，保證完成任務！」

# 第十六章
## 欽差大臣

小嵐一早去皇帝休息的清平宮給秦始皇請安時，見到秦始皇靠在牀上，拿着一樽酒在慢慢喝着。見了小嵐，他臉露微笑，說：「小嵐，你來了。」

小嵐說：「陛下，您又喝酒了。」

秦始皇咳了兩聲，說：「習慣了，每天早上都要喝一點，不喝那天就渾身沒勁，喝了好像人也會精神點。」

小嵐聽了，突然心中一動，之前怎麼沒想到呢！會不會是秦始皇喝的酒有問題？這酒是趙高釀的，而秦始皇又每天必喝，如果對身體有害的話，那陸大夫就是醫術再高也難治好。

這時，秦始皇喝完樽中的酒，指指桌上的酒壺，叫小嵐給他添點。小嵐答應了一聲，接過秦始皇手中的樽，放在桌上，又拿起酒壺往樽裏倒酒。倒了一半時，她故意手一抖，酒灑落在桌上，她急忙拿出手絹，把酒抹去了，然後偷偷把手絹揣在袖子裏。

這時，有太監進來通報：「陛下，公子來給您請

安。」

秦始皇説：「叫他進來。」

胡亥手裏拿着一包東西，三步併作兩步走進來，他顯然沒看見小嵐，徑直走到秦始皇身邊去了。他一下坐到秦始皇旁邊，揚着手裏的紙包，説：「父皇，昨晚聽到您有幾聲咳嗽，我問過大夫，説用糖水來燉梨子，連水帶梨子吃了，可以治咳嗽。所以兒子特地吩咐人買了些新鮮的梨子給您。」

他一邊説，一邊從紙包裏拿出一個梨子，給秦始皇看：「父皇，您看，好大好新鮮呢！」

秦始皇開心地接過梨子，説：「噢，亥兒真有朕心，知道疼朕。」

胡亥説：「您是我父親嘛，不疼您疼誰。」

小嵐看了有點感動，這胡亥的孝心真不像是裝出來的。人們常説，懂得孝順父母的都不會壞到哪裏，可想而知這胡亥這時並不是壞人。

小嵐借口讓秦始皇休息，告辭了。她急急忙忙跑到醫館找到陸大夫，説有事想請教，把他拉到外面花園裏。小嵐怕酒揮發了，急不及待把手絹拿出來，説：「大夫，你聞聞這上面沾着的酒，有沒有什麼問題？」

陸大夫接過手絹，聞了聞，突然緊張地看着小嵐：「公主，您這酒是從哪來的？」

小嵐見他神色不對，忙問：「這酒有問題？」

陸大夫說：「是！這酒含有一種來自西域的俗稱『黑精靈』的植物。黑精靈這東西，平常吃一點沒什麼問題，但是如果長期食用，就會中毒。如果進食的時間短，還可以用藥物解毒，但如果時間長了，那就很難治癒了。」

小嵐一聽，忙問：「怎樣算長？怎樣算短？」

陸大夫說：「一年為短，兩年為長。」

小嵐急問：「如果三年呢？」

陸大夫搖搖頭，說：「無藥可治。」

「啊！」小嵐臉色一變。秦始皇說過，他喝趙高釀的酒，已經三四年了。

陸大夫見小嵐臉色不對，忙問：「請問公主，有誰喝了含有黑精靈的酒？」

小嵐暫時不想把事情張揚開去，忙掩飾說：「啊，沒有沒有。有個開酒坊的朋友拿來問我的，他們釀酒時出了點差錯。」

陸大夫說：「趕快讓您那位朋友把酒全倒了，免得害人。」

小嵐點點頭：「好，謝謝陸大夫指教。」

陸大夫慌忙說：「不敢不敢。小人告退。」

小嵐說：「陸大夫慢走！」

陸大夫轉身離去時，小嵐突然聽到附近小樹叢發

出了一點聲音，心裏一陣緊張，別是有人躲在那裏？剛才跟陸大夫的對話，要是有人聽到就糟了。

小嵐正要上前去看個究竟，只見一隻小狗從那裏面跑了出來。原來是這小傢伙！小嵐這才放下心來。

好一個笑裏藏刀的趙高，竟然連皇帝也敢加害！歷史上對秦始皇之死一直未有定論，現在真相大白，原來是趙高在酒裏放了慢性毒藥，把這千古一帝害死的。看來秦始皇南巡途中去世這一歷史已無法改變，但可以借這件事把趙高除去，免除後患。

對，得馬上去告訴皇帝伯伯，揭穿趙高下毒的陰謀。

小嵐急急忙忙去到清平宮，小太監說陛下去了議政殿，跟羣臣商量事情。小嵐只好在外面的小花園閒逛，等秦始皇回來。

大約過了半個時辰，聽到外面有人喊：「陛下回宮了！」

走廊上，幾十人簇擁着一頂轎子走過來，轎子上坐着的正是秦始皇。他臉色有點不好，兩眼微閉着，好像有點不舒服。

小嵐忙走過去，朝秦始皇行了個禮，問道：「皇帝伯伯，您不舒服嗎？」

秦始皇睜開眼睛，見是小嵐，「嗯」了一聲，又把眼睛閉上了。

站在轎旁的趙高朝小嵐行了個禮，說：「公主，陛下龍體欠佳，您請回吧！」

小嵐猶豫了一下，也覺得這時不宜打擾秦始皇休息，正要施禮退下，秦始皇睜開眼睛，對小嵐說：「小嵐，跟朕來，朕有事跟你說。」

小嵐答應了一聲，跟在隊伍後面。

轎子在清平宮門口停下，兩名太監扶秦始皇下了轎，小嵐急忙上前，攙扶着秦始皇走了進去。小嵐說：「皇帝伯伯，您臉色不好，還是請陸大夫來給您瞧瞧吧！」

小嵐請陸大夫來，用意有二，首先是看病，二是跟皇帝稟告趙高下毒陰謀時，即時讓陸大夫作證。

秦始皇點了點頭，趙高便吩咐一個太監去請陸大夫。

隔了一會兒，太監驚慌地跑了回來，說：「陛、陛下，不好了，陸大夫剛剛暴病死了！」

小嵐大吃一驚。

秦始皇皺了皺眉頭：「可惜了，這麼好的大夫。」

趙高說：「陛下，那奴才讓人去找陳大夫來。」

秦始皇擺了擺手，說：「算了，朕現在好了一點，不用了。」

小嵐腦子裏翻江倒海——剛剛自己跟陸大夫說話

時，他還精神奕奕，神清氣爽，怎麼瞬間便會暴病死亡？！

小嵐想起跟陸大夫分手時，樹叢中發出的聲音。心想一定是有人藏身那裏，聽到了她和陸大夫的對話。早就聽說趙高手下有很多密探，平日遍布宮中，沒想到竟是這樣無處不在。天哪，自己怎麼這樣不小心，連累陸大夫慘遭殺害。

想到這裏，小嵐忍不住把悲憤的目光投向趙高。沒想到趙高也鬼鬼祟祟地用眼睛餘光睨着小嵐，兩人目光碰撞，趙高顯然心虛，急忙轉過臉去。

這時秦始皇把手一揮，說：「小嵐留下。其他人都下去吧！」

「是！」一眾太監宮女全都退了出去，只有趙高仍站在一旁。

秦始皇看了趙高一眼，說：「你也下去吧！」

趙高愣了愣，說：「是！」然後低頭退出去了。

秦始皇指了指牀邊一張椅子，叫小嵐坐下。小嵐默默坐下，仍一臉悲憤。沒了人證，就沒法指證趙高下毒，而且趙高既想得出要殺人滅口，也一定會把有毒的酒全換了。人證物證全無，肯定是告他不倒了。

秦始皇瞧了瞧小嵐的臉色，說：「還在為陸大夫難過？」

小嵐說：「是。陸大夫是個好人，今天我還向他

請教過一些中藥知識呢，沒想到這麼快就去世了。」

秦始皇歎了一聲：「人生無常啊！朕的病日見嚴重，再加上沒了陸大夫幫忙調理，朕怕自己的病是好不了啦。」

「不會的，皇帝伯伯，您很快會好的。」小嵐說着安慰的話。儘管她知道秦始皇說的是真的。

秦始皇搖搖頭，說：「你不用安慰朕，朕最清楚自己的身體。」

小嵐沒說話，她是個不會說謊的孩子。秦始皇喝了三四年的黑精靈，已經無藥可治了。

秦始皇看了小嵐一眼，說：「孩子，朕有件事想拜託你。」

小嵐慌忙說：「皇帝伯伯言重了，有什麼要小嵐做的，儘管吩咐。」

秦始皇從枕頭下面拿出一卷竹簡，交給小嵐。又說：「你替朕把這送往上郡，交給扶蘇。你現在可以先看一看。」

小嵐打開一看，不禁又驚又喜，內容竟然是秦始皇下旨立公子扶蘇為太子，讓他馬上前來見駕。

「伯伯，好，寫得好，立得好！」小嵐不禁喊了起來。

沒想到秦始皇已經有先見之明，考慮到把立太子的詔書先一步送往上郡。如果扶蘇大哥趕得及在秦始

皇駕崩前來到，那就最好不過，如果趕不及，有了這封詔書，也可以粉碎趙高的陰謀，令他的那道假聖旨不攻自破。

秦始皇見到小嵐的開心樣子，心想自己真是挑對人了。小嵐這樣支持自己的決定，她一定會不辱使命，把聖旨送到扶蘇手中的。

「朕命你為欽差大臣，今晚就起程，帶着這道聖旨往上郡，向扶蘇宣讀。」

小嵐説：「皇帝伯伯，您放心好了，我一定不負您的重託，把聖旨送到上郡。」

她又看着秦始皇：「只是……伯伯，我不放心您……」

秦始皇伸手，摸着小嵐的頭髮，顯得一臉慈愛：「小嵐，放心好了，他們不敢把朕怎樣的。」

小嵐看着秦始皇：「他們？」

秦始皇説：「朕知道身邊有人心懷叵測，他們在朕百年之後，必起異心。」

小嵐睜大眼睛。之前還打算怎樣婉轉地提醒秦始皇提防趙高，原來他早有察覺……

秦始皇説：「自從南巡途中生病，朕就一直想立下遺囑，使人送給扶蘇，只是沒有物色到可靠的人。跟你相處一段日子，和你幾次長談，你的聰明睿智，你的勇敢善良，令朕十分佩服，也知道，朕終於找到

可以信任的人了。小嵐，朕謝謝你了！」

小嵐說：「皇帝伯伯不要客氣，扶蘇大哥大智大勇，他繼承大秦皇位，也是小嵐心中所希望的。能被伯伯委以重任，是小嵐的福氣。」

「小嵐，朕真找對人了。」秦始皇微笑着說，「為了你們的安全，為了把詔書平安送達，你們此行不能讓任何人知道。你現在回去跟小伙伴說明情況，只等天一黑，你們就去行宮的後門，那裏有一輛馬車等着，馬夫是信得過的人，他會把你們送到上郡的。」

小嵐說：「小嵐知道了。」

秦始皇朝小嵐揮揮手，說：「孩子，去吧！一路順風！」

小嵐「嗯」了一聲，她深深地看了秦始皇一眼，她知道，此行是永別，她再也不會見到這位歷史巨人了。

小嵐覺得眼睛有些濕潤，她趕緊離開了清平宮。

# 第十七章
## 被黑衣人抓住了

　　小嵐回到住處時，太陽已落下，暮色迷蒙。她悄悄地找來曉星和曉星，把秦始皇交待的任務說了。曉晴一聽便高興地說：「這下好了，扶蘇大哥有救了！」

　　小嵐「噓」了一聲：「小聲點。」

　　曉晴趕緊捂住嘴。

　　曉星小聲說：「那我們趕緊回上郡去。聖旨一下，扶蘇就是太子，趙高想扶胡亥做皇帝也沒可能了！扶蘇大哥不用死，蒙恬大哥也就不用死，哇，大團圓結局，真是太好了！」

　　小嵐說：「等會天一黑，我們就到後門上車離開。」

　　曉晴說：「噢，那我得趕快去收拾行李。」

　　小嵐一把拉住她：「行李一樣都不能帶，免得被人察覺我們要出門。」

　　曉晴嘟着嘴：「啊，那些化妝品和衣服都不能帶嗎？」

小嵐斬釘截鐵地説：「不能！」

這時，秋月帶着宮女太監送晚餐來了。三個小伙伴趕緊吃飯，小嵐和曉晴心裏有事都吃不多，只有曉星擔心等會上路沒好東西吃，所以放開肚皮大吃特吃，飽餐一頓。

吃完飯，小嵐對秋月説：「你們收拾好碗筷就休息吧，不用伺候我們了。我們等會兒會去花園玩，會很晚才回來睡覺。」

秋月行了個禮：「是，公主。」

秋月等人離開後，小嵐看看天色已黑，就朝兩個小伙伴招招手：「我們走吧！」

曉晴苦着臉説：「真是一點東西都不能帶嗎？我想帶點化妝品，我不想在扶蘇大哥面前一張素臉，不好看。」

小嵐眼睛一瞪：「有誰捧着化妝品去遊花園的？你想洩露行蹤、壞了大事嗎？」

「是嘛！姐姐要靚不要命！我就不會壞大事！」曉星得意地領頭走出了屋子。

也許是吃飯時間，外面很安靜，一路上只碰到一些巡邏的衛士。三個小伙伴沿着花園的圍牆，一路向後門走去。走了大約十分鐘，便看見了那扇大木門。

走近一看，那門不像平日那樣鎖着，而是虛掩着的。看來，秦始皇早已做好安排。

拉開大木門，便見到一輛馬車停在外面，一個中年男人站在馬車旁邊，見到小嵐三人，便行禮說：「公主，小人奉陛下命令送你們去上郡，請上車！」

小嵐笑說：「大叔，有勞了。」

車夫慌忙說：「不敢不敢！小人身分卑賤，公主叫小人張貴就行。」

曉星說：「張大叔，在小嵐姐姐心目中，人是沒有貴賤之分的，你就別客氣了。」

小嵐說：「是呀，您比我們年紀大，是應該尊您一聲大叔的。」

堂堂公主，竟這樣尊重自己一個小小車夫！張貴心裏百感交集，心想一定不負皇帝陛下重託，把公主平安送到上郡。

小嵐三人上了馬車，張貴說：「公主，你們安心睡覺吧！我會把車趕得又快又穩的！」

小嵐說：「謝謝張大叔！」

張貴說：「應該的。公主太客氣了。」

張貴說完，把車簾放下來，讓幾個孩子好好休息。

古人都是「日落而息」的，但對這個來自現代的「夜貓子」，離睡覺還早着呢！

曉星用手扒着車廂裏的小窗口，想看外面風景。但古代不比現代，沿途都是烏燈黑火的，除了黑糊糊

的樹影子，就什麼也看不到。

曉星坐正身子，想了想，問小嵐：「小嵐姐姐，皇帝伯伯為什麼讓你連夜出發，把詔書送到上郡。難道皇帝伯伯要死了嗎？」

小嵐把食指擱在嘴唇邊，「噓」了一聲，小聲說：「小聲點。不能讓張大叔聽到。」

接着一五一十，把趙高在酒裏下慢性毒藥，之後又害死陸大夫一事說了。

曉晴和曉星聽了，都咬牙切齒的，這趙高可真惡毒啊！

小嵐又說：「其實皇帝伯伯也很擔心他死後有人乘機作亂，所以先立下遺書。」

曉星說：「皇帝伯伯真厲害，已經察覺了身邊有壞人。」

曉晴說：「當然啦，不然怎麼有人說他是中國歷史上最了不起的皇帝呢！」

他們你一句我一句地說着，不知不覺車子已走了兩個多時辰，他們慢慢有了睡意，後來便一個接一個地進入了夢鄉。

天剛亮時，他們被張貴的喊聲驚醒了：「公主，你們快醒醒，快醒醒！」

小嵐急忙撩開車簾往外一看，不禁大吃一驚，只見馬車被十幾個黑衣人團團圍住了。張貴說：「公

156

主，是來攔截你們的人。你們趕快跑，我來擋住他們！」說着「嗖」地拿出一把大刀。

要換在平時，小嵐肯定不會丟下大叔一人的，但今日情況特殊，她肩負着關係到大秦江山社稷生死存亡的重任。她大喊了一聲：「大叔，千萬小心！」然後扭頭對曉晴曉星說：「我們分頭跑，跑得一個是一個。詔書在我身上，萬一我抓住，你們就口頭向扶蘇大哥講述聖旨內容，千萬不能讓趙高的陰謀得逞！」

曉星說：「是，姐姐！」

曉晴害怕得臉色慘白，她說：「不，我們不可以分開跑，我害怕！我們一塊跑吧！」

小嵐瞪了她一眼：「勇敢點！只要我們其中一個能回到上郡，就有可能救到扶蘇大哥！」

說着，她把放有詔書的小包袱往肩上一挎，然後跳下了車。但是，還沒跑出幾步，幾把亮閃閃的刀便前後左右把她堵在中間，她再也無法動彈。

後面的曉晴和曉星，也是一下車，就被黑衣人包圍了。

小嵐擔心地望向張大叔，只見他跟幾個黑衣人搏鬥着，身上滿是鮮血，顯然已挨了多刀。張大叔這時也朝小嵐他們看過來，見到幾個孩子被抓，急得大喊一聲，揮着大刀想衝過來救他們，誰知這時有黑衣人又在他背後砍了一刀，他整個人顫抖了一下，然後倒

在地上。

「張大叔！」小嵐大喊一聲。

張大叔一動不動，看來是不行了。

「你們這些喪盡天良的壞蛋！我要替大叔報仇！」小嵐瘋了似的朝圍着她的黑衣人拳打腳踢，她的勇氣和怒火，竟嚇得那些高大的黑衣人慌忙躲避。

曉星和曉晴見了，也鼓起勇氣，像小嵐一樣，對黑衣人又是腳踢又是指甲抓，曉星還順手抓起身旁一名黑衣人的手，狠狠地咬了一口……

一時間鬼哭神嚎。一個似是頭目的人跑了過來，罵道：「你們這些笨蛋，怎麼連幾個孩子都抓不住！快把他們抓住，把詔書拿到手。」

# 第十八章

# 挖洞越獄

幾個牛高馬大的黑衣人扭着三個孩子的手，把他們往屋子裏一推，然後「砰」的一聲把屋門關上，接着在外面上了鎖。

「你們這些壞蛋！臭蛋！黑心蛋……」曉星爬起來，用雙手拚命拍門，一邊拍一邊喊着，「快把我們放了，你們這些壞人！黑心人……」

「停停停！」小嵐對曉星說，「別吵，聽外面的人講什麼。」

外面那小頭目在說話：「李四，張三，王八，你們三個留在這裏，好好看守着。這幾個孩子古靈精怪的，你們要格外留神，看好他們，別讓他們跑了。」

有人問：「隊長，我們要守多久？」

小頭目說：「主人說，等他大事成功後，就親自來處理這幾個孩子。你們記得每天給他們吃的，要是他們跑掉了，或者有什麼三長兩短，主人會要你們的命！」

一陣急促的馬蹄聲漸漸遠去，想是除了那三個人

外，其他黑衣人都走了。

曉星說：「你們說，他們口中的主人，是不是趙高？」

曉晴睨了他一眼：「那還用說，用腳後跟去想，都知道一定是。」

曉星忍不住又罵：「這個大壞蛋趙高，壞蛋！臭蛋！臭雞蛋！臭皮蛋……」

小嵐說：「還是省口氣，想想怎樣越獄逃跑吧！雖然詔書被搶走了，但我們還是要想法趕去上郡，制止趙高的陰謀。」

三個小伙伴開始觀察屋內環境。只見這屋子大約三百來呎，裏面除了一地的乾禾草之外，就什麼也沒有了。屋子的牆用黃泥蓋成，牆身有半尺那麼厚，看上去很堅固的樣子。屋內只有一個比人高的用來透氣和透光的小窗口，沒有窗門，只密密地豎着一些粗大的樹枝。

曉星說：「這牆是泥做的，我們可以摳個洞，逃出去！」

曉晴白他一眼：「我們什麼也沒有，怎麼摳？」

曉星伸出十隻手指，說：「用手指甲！」說完就像貓一樣，用指甲去抓牆。

曉晴驚慌地看了看自己保養得很好的指甲，說：「不要，我不要用指甲摳牆！」

小嵐說：「算了吧！用手去摳，恐怕指甲掉光了也摳不了多少。」

曉星說：「那我們摳門吧！」

曉星說着，跑過去使勁搖了搖大木門，大木門紋絲不動，不用問就知道是用很厚重的木頭做成的。他大大地歎了一口氣，說：「要是笨笨在就好了，牠的牙齒那麼利害，準能把門啃個大洞！」

「牆不行，大門也不行，那就從窗口爬出去吧！」曉星說完跑到窗口下面，抬頭觀察着那些鐵條。但他馬上就洩氣了，那些鐵條，比他的大拇指還粗，而且排列很密，別說是人，差點連手都伸不出去。

曉星有點洩氣：「牆不能摳，門也不能摳，窗口也出不去，那我們怎麼辦？」

他往草堆上一倒，但馬上又跳了起來：「哎喲，什麼東西硌我的背！」

他用手扒開草，竟發現有一顆兩三寸長的釘子。他趕緊撿起來，喊道：「釘子！釘子！我們有工具了，有摳牆的工具了！」

小嵐拿過釘子，試着在上面一劃，馬上有一點點泥從牆上掉了下來。咦，還真行呢！

曉星高興得滿臉通紅：「是我發現的，是我發現的！」

小嵐拍了拍曉星的腦袋：「知道了，記你頭功！」

曉星得意得手舞足蹈。他又說：「我們輪流摳牆，我先來！」他拿過釘子，興致勃勃地在後牆上找了個地方，使勁挖起來。可是，才挖了不到一分鐘，他就苦着臉說：「我的手好痛！」

大家一看，曉星的手已經破了一層皮。

小嵐拿過釘子，用草綑住上半截手抓的地方，然後接着去挖。有草墊着也好不了多少，小嵐挖了不一會兒，手上的皮蹭破了，火辣辣地痛。曉晴見了，接過釘子繼續挖，但她就更糟，才挖了幾下，就扔下釘子，扁着嘴看着磨破皮的手……

小嵐一聲不響地接過釘子，繼續一下一下地挖着。

曉晴和曉星苦着臉，看着從牆上慢慢飄下的灰，天哪，什麼時候，才能挖出一個能讓人鑽出去的洞啊！

小嵐的堅持感動了曉星，他搶過小嵐手中的釘子，又挖了起來。一會兒，曉晴又拿過弟弟手裏的釘子，繼續挖着。

就這樣挖呀挖呀，挖了很長時間，才挖了半個乒乓球那麼大的一個凹點，而三個孩子的手，已經累得抬不起來，痛得抓不住釘子了。

小嵐歎了口氣，說：「休息一下吧！」

三個人倒在草堆上，都有點氣餒。突然聽到「咕咕、咕咕」的聲音，啊，是肚子提抗議了。看天色已是傍晚，他們連早餐中飯都沒吃呢！

這時候，窗子外面有人喊了一聲：「喂，裏面幾個小孩，快來拿吃的！」

接着，窗子外面塞進來一包東西，放在鐵條中間。

曉星一聽馬上跳了起來，跑到窗子下面，一蹦把東西拿了下來。

打開一看，是玉米餅呢！曉星給小嵐和曉晴每人塞了一個，自己拿起一個張嘴就啃，玉米餅雖然又乾又硬，但總比餓肚子好。

吃完玉米餅，曉星打了個呵欠，說：「好累、好睏啊！」說完，就一頭倒在草堆上，呼呼大睡了。

這邊曉晴伸了個懶腰，說：「我也好累，我也好睏啊！」說完，也往草堆上一倒，也睡了。

啊，好過分啊！小嵐看着這一對懶姐弟，氣得真想一腳把他們踹進太平洋。都什麼時候了，還只顧睡！要是逃不出去，別說沒法救到扶蘇大哥，連自己的小命都難保呢！既然趙高知道他們是去傳聖旨的，為了掩蓋罪行，怎會放過他們三個人！

小嵐朝他們瞪了一會兒眼睛，想想他們也確實累

了，只好説聲倒霉，拿起釘子繼續去挖牆。又挖了半個時辰，才又挖大了一點。按這進度，不挖個十天八天也挖不出去。小嵐心裏很着急。十天八天，情況已經發生重大變化了，有可能一切都晚了，他們來這裏的願望已經無法實現了。

可是，除了挖洞這個笨主意，又有什麼更好的辦法呢？

手上好痛，她扔掉釘子，一屁股坐到草堆上，看看手心已經滲出血了，火辣辣地疼痛。「天下事難不倒」的馬小嵐，現在真碰上難事了。她不禁在心裏呼喚起來：「萬卡哥哥，我該怎麼辦？我該怎麼辦？」

唉，要是萬卡哥哥在就好了！

就這樣想着想着，她迷迷糊糊地睡着了。

# 第十九章
# 小五來了

　　矇矓中聽到有人在外面說話，小嵐睜開眼睛，一縷陽光從窗口射進來，給地上塗上了一抹金色。原來已是第二天清晨了。

　　小嵐坐了起來，她覺得外面有一把聲音很熟悉，但又想不起是誰。

　　「趙高大人知道你們在這裏守着逃犯很辛苦，所以特地讓我帶了些烤雞和酒來慰勞你們。」

　　小嵐覺得熟悉的就是這把聲音。

　　又聽得外面幾個留守的人嚷嚷着：

　　「趙大人怎麼對我們這麼好？少見呢！」

　　「一定是我們看守的人很重要，所以連趙大人也要對我們好。」

　　「有東西送來就吃吧，那麼多話！這烤雞不錯哦，好吃，好吃！」

　　「小五，快給我倒酒！」

　　「小五！」小嵐心裏一陣興奮，「是小太監小五！怪不這樣耳熟！好了，這回我們有救了！」

這時，曉晴和曉星也被外面的吵嚷聲吵醒了。

「啊，他們在外面吃東西呢！」曉星吸了吸鼻子，「好香的烤雞味。」

曉晴瞪了他一眼：「你就知道吃，等會人家給你一塊肉，說不定你就會向趙高投降變節了！」

曉星委屈地說：「怎麼會！我恨死趙高了，他就是給一隻烤牛我，我也不會動搖！」

小嵐說：「別吵了！告訴你們，我們有救了！」

「啊，小嵐姐姐真厲害，一晚上就把牆砸穿了！」曉星一聽很興奮，他滿屋子找，「牆洞在哪裏？在哪裏？」

「你以為我是笨笨嗎？一晚上可以把牆拱個大洞！」小嵐一把揪住曉星的衣領，把他抓回來，「小五來了，就在外面。」

曉星大叫起來：「啊，小五，小五是來救我們嗎？」

「你住嘴！」小嵐氣急敗壞地打了曉星一下，「你這麼大聲，外面會聽到的！」

曉星趕緊閉嘴。

曉晴說：「小五是不是知道我們在這裏，特地來救我們的。」

小嵐說：「按道理他不會知道。因為趙高一定不想讓人知道皇帝伯伯已立了一份詔書，也不想讓人知

道他派人搶詔書的事，所以小五是不可能得到我們消息的。」

「那是老天爺有意幫我們了，讓小五這麼巧來到這裏。」曉晴說，「有什麼辦法繞過黑衣人，把我們被困在這裏的事通知小五？」

大家正在你一句我一句商量辦法，突然，小嵐「噓」了一聲，說：「靜一下。」

曉晴和曉星住了嘴，看着小嵐。小嵐說：「你們聽聽，外面沒聲了。」

曉星馬上焦急起來：「啊，難道小五哥哥走了？啊，小五不能走，小五不能走！」

他急忙跑到窗口，抓住鐵條往上攀，想看看外情況，邊攀邊喊道：「小五哥哥，小五哥哥！」

可是，他突然停止了叫喊，愣在當場。

小嵐一見急了：「怎麼了？外面發生了什麼事？」

曉晴帶着哭腔說：「莫不是小五被人殺死了？」

曉星跳下地，說：「外面看守我們的黑衣人，全死了！」

「啊！」兩個女孩正震驚時，聽到門外有人開鎖，緊接着，那道關得嚴嚴的大門「哐噹」一聲開了，有個人走了進來，喊道：「寧國公主，晴小姐，星公子！」

這人正是小五。

「小五！」大家喊着跑向小五。

小五朝小嵐行禮：「寧國公主。」

小嵐一把拉住他：「小五，別顧那麼多禮節了，快告訴我們，究竟是怎麼回事？是誰跟你說我們在這裏的？外面的黑衣人怎麼一下子全死掉了？」

小五說：「我長話短說。我奉命去買祭祀用品，半路上見到一匹馬上馱着個滿身鮮血昏迷不醒的人，我近前一看，竟是陛下的近身侍衞張貴！張大叔是我同鄉，與我素有交情，我扶起張大叔，拚命喊拚命喊，好一會他才醒來。他告訴我，你們三個人奉了皇上密旨往上郡，半路上被趙高的黑衣殺手捉住了，叫我馬上稟告陛下，派人去救你們。」

啊，原來是張大叔報的信。

「原來張大叔沒有死，他傷得那麼厲害，還去找人來救我們！那，張大叔現在呢？」小嵐着急地問小五。

小五難過地說：「張大叔剛給我說了你們被關的地方，就斷了氣。」

「啊！」三個孩子難過極了。

小五說：「張大叔死了，我也不知道信任誰，找誰幫忙。我橫下一條心，決定自己一個人來救你們，我到御膳房偷了一壺酒和幾隻燒雞，又去偷了一匹

馬，就跑來救你們了。」

小嵐驚訝地說：「你一個人？外面那三個黑衣人是你打倒的？」

「我哪有那麼大力氣打敗他們。」小五晃晃手裏的一個酒壺，說，「我在酒裏放了迷藥，那幾個人認得我是宮裏的太監，也沒加提防，所以全被我迷倒了。」

曉星一把抱住小五：「小五哥哥，你真是大智大勇、大情大義、大發慈悲、大……」

小嵐突然想起了什麼，她的心狂跳起來，問：「小五，你剛才說，出去買祭祀用品，宮中是誰去世了？」

小五說：「是皇帝陛下駕崩了！」

「皇帝伯伯駕崩了？！」三個孩子雖然早已知道很快有這麼一天，但是聽到這消息時，心裏仍然十分難受。

小五接着說：「趙高和李丞相宣讀了陛下留下的兩封遺詔，一封是立小公子為秦二世，另一封……」

小五難過得說不出話來。

小嵐雖然早已從歷史書上知道，趙高偽造的遺詔內容，但她心裏仍抱有僥倖，追問道：「另一封遺詔是什麼內容？」

小五歎了口氣：「是賜死公子扶蘇和蒙將軍。」

小嵐心中未免震驚，事情正按歷史的的足跡一步步走着，接下來就是扶蘇和蒙恬含冤枉死了。她慌忙問小五：「你知不知道，往上郡傳旨的使者出發了沒有？」

　　小五答道：「出發了，我去偷馬時，剛好見到他們坐上馬車，正準備出發。」

　　「啊！」小嵐說，「千萬不能讓偽旨送到上郡！我們得趕緊離開這裏，馬上趕去上郡救人。」

　　一行四人心急火燎走到馳道邊上，小嵐對小五說：「小五，謝謝你救了我們。謝謝你給我們救扶蘇大哥爭取了時間，我們會記住你的。」

　　「不用客氣，希望你能救出公子扶蘇和蒙將軍，他們都是好人啊！」小五說着，把手裏的馬韁繩交到小嵐手裏，說，「這是我騎來的馬，你們拿去吧！爭取早點趕到上郡。」

　　小嵐把馬韁繩塞回給小五，說：「這馬我們不能要，你趕快騎上，趕緊走吧！那幾個黑衣人醒來後，你就有大麻煩了，趙高不會放過你的。你趕快逃吧，有多遠逃多遠。」

　　小五說：「不，救公子扶蘇要緊！這馬給你們。」

　　正在推讓時，聽到一陣「踢踢踏踏」的馬蹄聲，一輛馬車走來。小嵐一看車夫挺臉熟的，仔細瞧瞧，

原來是之前送她去上郡的車夫伯伯。

車夫也看見了站在路邊的小嵐，「吁」地喊了一聲，馬停了下來。車夫伯伯笑瞇瞇地看着小嵐：「小姑娘，我們真有緣啊，又碰面了。」

小嵐心中大喜，走前一步，説：「伯伯，遇到你真好！能盡快把我們送回上郡嗎？」

車夫説：「行，快上車吧！」

小嵐對曉晴曉星説：「你們先上車。」

她又扭頭對小五説：「好人一生平安。小五，你心地善良，見義勇為，你會有好報的。再見！」

小嵐上了車，見到曉星手裏拿着什麼，一看，原來是個酒壺：「曉星，你幹什麼？怎麼把小五裝迷藥的酒壺拿來了。」

曉星説：「我們來了秦朝一趟，也得替賓羅伯伯帶點古董回去呀！離開行宮前，你又什麼都不讓我們拿。所以，就把小五用來迷倒黑衣人的酒壺拿了，帶回去，好歹也算是個古董。」

曉晴説：「我看裏面還有酒呢！你可要小心點，別一時忘了，『咕嚕咕嚕』喝了，弄得昏迷不醒，到時我和小嵐可不管你。」

曉星説：「嘻嘻，我才不會那麼笨。」

車夫聽小嵐説有十萬火急的事要趕去上郡，便快馬加鞭趕路⋯⋯

# 第二十章
# 扶蘇喝下毒酒

　　趙高派出的使者去到軍營時，扶蘇和蒙恬正站在一幅巨大的軍事地形圖前指指點點，計劃着怎樣鞏固邊防，提防匈奴時不時的騷擾。見到使者帶來了皇帝的聖旨，兩人忙跪地聽讀。

　　但是，聖旨內容卻如雷轟頂，把他們驚倒當場。

　　那封偽造的「聖旨」，字字句句全是對扶蘇的不實譴責：「你和蒙恬將軍統率數十萬大軍駐守邊疆，十幾年來不能前進一步，耗盡人力卻無尺寸之功，反而屢次上書誹謗我的所作所為，因為不能回京做你的太子而日夜怨恨，這是大不孝，令賜毒酒自盡！蒙恬將軍不匡正扶蘇的錯誤，也應該知道扶蘇的圖謀，這是不忠，賜死！」

　　扶蘇和蒙恬二人簡直不相信自己的耳朵。事實上，扶蘇與蒙恬鎮守邊疆多年，修築長城，驅走入侵的匈奴，建城數十座，擴地數百里，功不可沒。扶蘇屢次送奏章到朝廷，也是關心國家大事，獻計獻策，怎麼就成了誹謗皇帝，成了不孝子？

扶蘇接過聖旨，看着聖旨上面蓋着的大紅印，他毫不懷疑這是父皇的意旨，因為普天下能使用這玉璽的，只有父皇一人。扶蘇從不怕死，為保家衛國，拋頭顱灑熱血，眉頭也不會皺一下，但如今背上這莫名其妙的罪名去死，這怎不叫他悲痛萬分。而把這罪名加到他頭上的，還是他最敬愛的父親。

　　這時，蒙恬騰地站起，吼道：「真是莫須有的罪名，我不服！」

　　使者拿出酒壺，倒了一樽酒，說：「公子，將軍，別讓下官難做。聖命難違，請受酒吧！」

　　蒙恬在旁厲聲道：「你聰明的就趕快住嘴！你知不知道，只要我一聲令下，立刻讓你人頭落地！」

　　使者嚇得戰戰兢兢：「下官使命在身，不得不履行職責，請將軍體諒。」

　　扶蘇一向為人善良，見到使者這樣說，便對蒙恬說：「蒙兄，你又何必為難使者大人。」

　　扶蘇向着咸陽方向拜了幾拜，蒼白的臉上淌着兩行淚水，悲痛地說：「父皇，孩兒謹遵父命，先走一步了。望父皇健康長壽，大秦江山萬萬年。」

　　說畢，就想過去接過使者手中的毒酒。

　　「公子，不能這樣！」蒙恬勸阻扶蘇，說，「皇上派我帶領三十萬大軍守衛邊疆，讓公子擔任監軍，這是信得過我們。現在無端端派使者來，賜我們毒

酒，這很值得懷疑呢！我們應該馬上趕回咸陽，問清楚陛下，之後再死也不遲。」

扶蘇傷心地說：「父皇既要我死，還要問什麼？！」

說完，他拿過欽差手中毒酒，一飲而盡。

蒙恬大驚，喊着：「公子，公子，公子！」

扶蘇這時身子已軟，一個趔趄，頹然倒下。

這時，聞訊趕來的將士們都紛紛圍上去，大喊：「公子，公子，你不能死，公子，您是好人哪！」

許多人用憎恨的眼神瞪着使者等人，使者見到情況不妙，趕緊跑了。

蒙恬悲痛萬分，仰天長嘯：「天啊，為什麼？這是為什麼？」

他兩拳緊握，牙齒咬得格格響，他給自己的副將吩咐了一聲：「王離，好好守住公子，我馬上趕去咸陽，替公子討個公道！」

說完，牽出大白馬，直奔出軍營。

蒙恬快馬跑出軍營時，正好與急急趕來的小嵐三人擦肩而過，曉星喊着：「是蒙大哥！蒙大哥，你去哪裏？」

蒙恬說：「我要去問明陛下，為什麼黑白不分，忠奸不明，竟要賜死本將和公子！」一邊說，一邊已騎着大白馬箭一般奔了出去。

小嵐急得大喊：「蒙大哥，蒙大哥，你回來，你不能去！」

曉晴和曉星也跟着喊：「蒙大哥，快回來！」

但蒙恬和大白馬已沒了蹤影。

曉星哭喪着臉：「小嵐姐姐，我們快叫人去追蒙大哥回來。」

小嵐歎了口氣：「我們還是來晚了一步。追不回來了，你不記得，蒙大哥的大白馬是千里馬，跑起來速度是其他馬的幾倍。」

「嗚嗚嗚，我的蒙大哥，可憐的蒙大哥！」

小嵐心裏也很難過。看來歷史車輪不可逆轉，蒙

大哥這一去，不能回來了。她拍拍曉星的背，說：「別哭了，我們趕快去看看扶蘇大哥吧！」

三個人趕緊跑進軍營，看到扶蘇已倒在地上。小嵐按捺着心內悲傷，對王離說：「王將軍，剛才我們在大門口碰到蒙將軍，他讓我告訴你，把扶蘇大哥的遺體交給我們，由我們負責安排葬禮。」

「交給你們？」王離看着三個孩子，有點猶疑。

「是的，沒錯。」小嵐看了王離一眼，又說，「蒙將軍已經交待我們怎麼辦了，你放心就是。」

王離點點頭：「好吧，就交給你們處理。你們安排好以後，就通知我，我們全體兄弟要去送公子最後一程。」

小嵐說：「行，一定通知你們。」

王離流着淚朝扶蘇叩了幾個頭，然後命士兵駛來一輛馬車，他自己親自把扶蘇抱上馬車去，三個孩子也隨即上了馬車。

車子跑了半個時辰，小嵐叫趕車的士兵停車。她跳下車，對士兵說：「兵哥哥，你回去吧！剩下的事情我們會處理的。」

士兵答應一聲，徒步回軍營去了。

小嵐拉着馬韁繩，喊了聲：「駕！」

馬兒馬上撩開四腳跑了起來，一會兒跑進了一個樹林，走到林深處，小嵐「吁——」地喊了一聲，把

馬叫停了。

她跳下車，撩開車簾，朝裏面的曉晴曉星喊道：「來，我們一起把扶蘇大哥抬下來。」

三個半大孩子抬起一個身形高大的扶蘇，十分吃力，當他們用盡九牛二虎之力，成功地把扶蘇搬到了草地之後，已經累得氣喘吁吁了。雖然很累，但每個人都興奮莫名，曉晴大叫着：「成功了，成功了！我們終於成功了。」

曉星說：「不，我們只是成功了一半，蒙大哥他……」

小嵐說：「是啊，等着蒙大哥的命運，是監禁下獄，之後賜死獄中，我們沒能把他救出來。」

「蒙大哥啊！」曉星嘴一扁，又哭了起來。大家都眼淚汪汪的，心裏默默地哀悼着那位忠肝義膽的英雄。

「大家別難過了，我們已盡了力，也許這就是歷史，不可抗拒的歷史。」小嵐首先收恰心情，她拿出一小布包，說，「這是小五給我們的食物。大家都餓了，先吃點東西填填肚子。」

小嵐從布袋拿出一隻燒雞，撕了一隻雞腿，遞給曉星，曉星接過，一邊抹眼淚一邊把雞腿咬了一大口。小嵐又撕下了另一隻雞腿，遞給曉晴。

曉晴接過雞腿，嚥了嚥口水，又重新包起來。小

嵐説：「怎麼啦，又減肥！」

曉晴説：「才不是呢！我要留給扶蘇大哥！」曉晴説着，跪到扶蘇的跟前。

小嵐説：「吃吧，這袋子裏還有呢！」

看到這裏，讀者心裏一定很奇怪吧？怎麼回事？扶蘇不是死了嗎？曉晴怎麼還要留雞腿給他？

難道是⋯⋯難道是她想留給扶蘇大哥的鬼魂？我的媽呀，雞皮疙瘩都冒出來了。

這時候，曉晴突然大叫一聲：「快來，你們快來！扶蘇大哥他、他⋯⋯」

# 第二十一章

# 永別扶蘇

　　小嵐和曉星急忙圍了過去，眼瞪瞪地看着扶蘇的臉。只見扶蘇那長長的眼睫毛抖了幾抖，眼睛慢慢睜開了。

　　「扶蘇大哥！扶蘇大哥！」幾個孩子激動地喊着。

　　扶蘇那雙秀氣的眼睛呆呆地看着藍藍的天空，然後又慢慢地移到了小嵐臉上。他眼睛突然一亮，坐了起來：「小嵐！」

　　小嵐含着淚水，説：「是，我是小嵐！」

　　扶蘇眼神十分迷惘：「怎麼回事？我不是喝了父皇賜的毒酒，已經死了嗎？」

　　曉星笑嘻嘻地説：「扶蘇大哥，你喝的不是毒酒，只是放了迷藥的酒呢！」

　　究竟發生了什麼事？原來……

　　事情得回到小嵐他們被小五救出以後，趕來上郡的路上。

　　馬車在往上郡的路上飛奔，小嵐生怕趙高派出的

180

使者比他們早到，不斷地催促車夫：「能再快一點嗎，能再快一點嗎？」

車夫也想幫他們，於是一路不斷地揮鞭子趕着馬快跑，差不多到上郡的時候，馬匹終於支持不住了，腿一軟，跪在地上，不管車夫怎樣努力，牠都不肯起來。車夫無奈地跟小嵐說：「小姑娘，很抱歉，看來我這馬真的跑不動了。不過現在離上郡上已不遠，你們走路去也花不了多長時間。」

小嵐沒辦法，只好按伯伯建議的去做。給了車錢，告別了伯伯，三個人急急地朝上郡方向走去。

走了一會兒，突然，聽到後面有「轔轔」的馬車聲，回頭一看，有兩輛馬車正往他們跑來呢！

曉星高興地說：「咦，我們可以再坐一程車呢！」

小嵐突然發現那兩輛是宮中馬車，連忙拉住曉晴和曉星：「快躲起來。」

兩輛車子走近，見到趕馬的正是宮中太監，車子走得飛快，一下就從他們前面走過了。

曉星着急地說：「啊，馬車上肯定是送假詔書的使者！哎呀，怎麼辦？他們一定比我們更快到達上郡呢！」

曉晴快哭了：「啊，不要，不要，我不要他們去殺死扶蘇大哥！」

「別吵，你們看，車子停下來了！」小嵐指着前面。

　　曉晴和曉星一看，真的，那兩輛馬車真的停了呢！有兩個人下來了，其中一個還提了個小包袱，兩人進了路旁的小樹林。

　　小嵐説：「有轉機！我們趕快過去，看有沒有辦法偷了他們的馬車！」

　　借着樹木的掩護，他們悄悄地走近馬車，但馬上發現，兩輛馬車的趕車太監都站在車子前面，用水桶給馬喝水。從拉開的車簾裏，還看見每輛車裏都坐着兩個高大威猛的帶刀衛士。看來，搶走馬車是沒可能了。

　　小嵐眼珠一轉，又説：「還有辦法！那下車的兩個人，肯定有一個是使者，使者一定會把詔書隨身帶着，我們過去看看，看能不能趁他們不留神，把詔書偷走！」

　　三個孩子又悄悄朝樹林裏走去。

　　從樹的間隙看過去，從車上下來的兩個人，一個穿官服的應該就是使者，另外一個看上去是侍從，他們走到一塊平整的大石前面停住了。

　　使者從包袱裏拿出一個小酒壺、一個小紙包，對侍從説：「你把這包毒藥放進酒裏，等會要給公子和蒙將軍喝的。」

侍從嘟嘟噥噥地説：「大人，怎麼不弄好再上路？」

使者説：「多嘴！趙大人説，這是一種毒性特別強的藥，但不能過早和酒調和，不然會失效的。」

侍從聲音有點抖：「大人，我們用這麼惡毒的方法，去殺公子扶蘇和蒙將軍這樣的好人，將來會不會下地獄呀？」

使者説：「如果這事辦不好，我們就比下地獄還慘。趙高大人能放過我們嗎？到時滅十族都有可能。小心點，別弄砸了。」

「是。」侍從慌忙答應着。

使者又説：「等我走遠點才弄，聽説那藥剛跟酒混和時，味兒難聞死了。」

聽到一陣悉悉嗦嗦的聲音，使者踩着地上乾枯的樹葉走開了。

聽得侍從嘀咕道：「這老傢伙真壞，把這麼缺德的事情留給我幹。」

見到侍從把酒壺放在大石上，打開蓋子，又把紙包裹的粉末倒進酒裏。看樣子那藥的氣味真的很難聞，侍從摀着鼻子跑開了。

小嵐一看，大石上的酒壺，跟曉星手裏拿着的裝了迷藥的酒壺一模一樣，腦子裏電光火石般一閃，一個念頭「嗖」地湧上心頭。她一把奪過曉星手裏的酒

壺，箭一般跑向大石，把手裏的酒壺跟放在大石上的酒壺對換，然後又箭一般地跑了回來。

這時，侍從轉回來了。他用鼻子嗅嗅，嘀咕了一聲：「咦，這怪味散得倒快，一點也沒有了。」他把酒壺的蓋子蓋上，往馬車那邊走去了。

他一走遠，曉晴和曉星就一人抓住小嵐一隻胳膊，猛地晃起來：「哇！小嵐，你真厲害，想出這麼好的主意！」

小嵐掙扎着：「喂喂喂，我的手快斷掉了！」

曉晴說：「小嵐，你太聰明了。等會扶蘇大哥喝了有迷藥的酒，就會馬上倒下，使者就認定他喝了毒酒死了，回去覆命，那扶蘇大哥就神不知鬼不覺活下來了。」

曉星說：「咦，我也有功勞呢！要不是我拿了小五的酒壺，那麼……」

小嵐說：「是是是，你也有功勞，給你記頭功！」

後來，事情就按着小嵐他們設想的發生了。使者以為扶蘇死了，急忙回去向趙高覆命。而軍營裏的人，也以為小嵐領走的是扶蘇的遺體，這世界上，除了小嵐三人，誰也不知道扶蘇仍然活着。

扶蘇聽完，還愣了好久才回過神來。他看着三個孩子，傷感地說：「首先很感謝你們的救命之恩，但

是，既然是父皇要我死，我又怎可以偷生？」

小嵐説：「扶蘇大哥，你錯了，皇帝伯伯不但沒有要你死，他還頒了詔書，要立你為太子，讓你繼承皇位呢！」

「啊！」扶蘇驚詫地看着小嵐。

小嵐一五一十，把他們混進皇帝的車隊，秦始皇怎樣信任他們，讓他們帶密詔來上郡，半路又怎樣被趙高派人追殺，搶走詔書……全告訴了扶蘇。

扶蘇隨着小嵐的講述，一會兒喜，一會兒悲，聽到父皇駕崩消息時，不禁「撲通」一聲跪在地上，淚流滿臉。弄得小嵐和曉晴曉星都陪着他掉眼淚。

曉晴抹着眼淚，説：「扶蘇大哥，你別哭了。其實你現在手中有三十萬大軍，你大可以帶領這軍隊，殺往咸陽，奪回帝位，也為你父皇報仇雪恨的。」

扶蘇搖搖頭，説：「密詔既已被搶走，再無證據顯示父皇要傳位給我，我帶大軍殺回去，是名不正言不順，天下人都以為是我謀朝篡位。更何況，戰事一起，又不知道有多少人要死於沙場，有多少人家破人亡。還有，現在繼位的是胡亥，是我的骨肉同胞，我不想骨肉相殘？！」

三個孩子聽了無言以對，以扶蘇這樣一個善良的人，他絕對不會忍心殺死胡亥的。看來，除了扶蘇沒有死之外，世界還是按着原來的軌跡運行着，這就是

歷史，不可抗拒的歷史。

小嵐沉吟一會，説：「扶蘇大哥，我尊重你的意願。那你今後有什麼打算呢！」

扶蘇説：「我想馬上去糾合一班志同道合的江湖好漢，去咸陽救出蒙將軍。」

小嵐一聽高興地説：「太好了！扶蘇大哥，我們跟你一起去！」

扶蘇堅決地説：「小嵐，你們幫我夠多了，我不知道怎麼感謝才好。這次去咸陽救人，危險重重，九死一生，我不會讓你們去冒險的。我死了不要緊，但我不想你們有半點損傷。」

小嵐想想他説得也有道理，即使自己不怕，也不能讓曉晴姐弟跟自己去冒這個險，便不再堅持了：「扶蘇大哥，你一定要小心。還有，你不能讓任何人知道你沒有死的事，要不趙高一定不會放過你的。」

扶蘇説：「我明白。今後世界上已沒有了扶蘇這個人。」

曉星拉着扶蘇的手，説：「扶蘇大哥，你一定要救出蒙將軍，我來就是要救你和蒙將軍的。我沒做成的事，你要替我完成啊！謝謝你了！」

扶蘇説：「你放心，如果救不到蒙將軍，我也不會苟活。」

小嵐看着扶蘇悲愴的臉容，擔心地説：「扶蘇大

哥，生命誠可貴。不管怎樣，你都不要輕易放棄。答應我，要好好活下去！」

扶蘇被小嵐的關懷打動了：「小嵐，謝謝你，我會記住你的話的。我們就此別過了，我要抓緊時間去找人救蒙將軍。」

曉晴哭着拉住扶蘇的手：「扶蘇大哥，我捨不得你。」

扶蘇說：「我也捨不得你們。有緣的，我們還會相見。小嵐再見，曉晴再見，曉星再見。」

「扶蘇大哥再見！」

看着扶蘇離去的背影，小嵐突然想起了什麼，急忙大喊一聲：「扶蘇大哥，等等我，我有東西給你！」

小嵐跑到扶蘇跟前，把之前贖回來的羊脂白玉珮遞給他：「扶蘇大哥，這是你娘留給你的玉珮，我替你贖回來了，你收好。」

扶蘇看着手裏的玉珮，眼裏冒出淚花：「小嵐，我怎麼謝你才好呢？我一定好好保存這玉珮，子子孫孫留下去。再見了，小嵐，今日一別，不知什麼時候才能再見。今後，如果你聽到了『山有』這名字時，請你記住，那就是我……」

「嗯。」小嵐說，「扶蘇大哥，快走吧，救蒙將軍要緊！」

扶蘇又再深深地看了小嵐一眼，好像想把她永遠記在心裏。然後，轉身走了。

小嵐看着他漸行漸遠的背影，心裏默默地想，扶蘇大哥，你保重！希望你一生平安！

不知什麼時候，曉星和曉晴也跟了上來，站在小嵐身旁。三個人看着扶蘇的背影，直到完全看不見。

小嵐說：「我們來這裏的任務完成了，也該回到未來了。」

曉晴眼淚汪汪地說：「我們永遠也見不到扶蘇大哥了嗎？」

小嵐說：「只要他安好就行。」

# 第二十二章

## 扶蘇的後人

　　這年聖誕，雖然曉晴和曉星回了香港跟他們父母過節，但小嵐的父母馬仲元、趙敏來了烏沙努爾，這讓小嵐高興得一天到晚笑得合不攏嘴。

　　這天晚上，燈飾把月影湖點綴得就像仙境一般美，萬卡和小嵐陪着馬仲元夫婦，在月影湖畔邊品茶，邊閒話家常。馬仲元跟萬卡談着國際形勢，十分投契，而小嵐跟媽媽就在一旁説悄悄話。

　　小嵐像小時候一樣，挨着媽媽，把腦袋拱在媽媽懷裏撒嬌。趙敏笑着説：「瞧瞧，都讀大學了，怎麼還像個小娃娃一樣！」

　　小嵐説：「我就喜歡做爸爸媽媽跟前的小娃娃嘛！」

　　趙敏看着女兒光禿禿的手腕，説：「咦，我給你的那隻羊脂白玉手鐲呢？」

　　小嵐説：「媽媽，對不起，我……」

　　小嵐把之前穿越時空，在秦朝發生的所有事，一五一十跟媽媽説了。小嵐沒注意到，馬仲元不知什

麼時候已停止了跟萬卡的熱烈話題，專注地聽着小嵐說話。他臉上的神情越來越激動。

當小嵐說完後，馬仲元問：「小嵐，你說，扶蘇後來隱姓埋名，用『山有』這名字活在世上？」

小嵐回答說：「是。」

馬仲元說：「女兒，你知道嗎？馬家的族譜可以追溯到兩千多年前，據族譜上面記載，我們的祖先就叫做山有先生。」

「真的？」小嵐驚訝極了，「啊！真的叫山有先生？」

馬仲元又從脖子上除下一條項鏈，交到小嵐手裏：「女兒，你仔細看看這項鏈。」

小嵐有點奇怪，不知道父親為什麼有這樣的舉動。但當她接過項鏈，看見項鏈上掛着的那個溫潤無瑕的羊脂白玉珮時，馬上有一種很熟悉的感覺，她心裏一顫，莫非是……

她再仔細看，不禁「啊」了一聲——玉珮上面，竟然刻着兩個字：懷玉。

毫無疑問，這是小嵐穿越時空去到秦朝，替扶蘇從玉器舖贖回來的那一塊羊脂白玉珮。小嵐望着父親，結結巴巴地說，「這、這不是我替扶蘇贖回來的，他娘親留下的玉珮嗎？天哪！這是怎麼回事？」

馬仲元說：「這玉珮是祖上留傳下來的，聽說已

傳了很多很多輩，有兩千多年了。到了我們這一輩，玉珮本來由你伯父保管，不久前，你伯父說我是研究古文物的，玉珮由我保管更為合適，就交給我了。」

小嵐騰地站了起來，激動地說：「天哪！爸爸，原來您是扶蘇的後人！」

在場四個人，都心情激動。小嵐回到兩千多年前，救了扶蘇，才有了這兩千多年的生生不息、後代繁衍，才有了馬仲元。而在兩千多年後，馬仲元又救了小嵐，跟她成為一家人，天哪，是一個多麼令人感動的傳奇故事啊！

小嵐抬眼望向長空，扶蘇大哥，在兩千多年後的今天，我終於聽到了「山有」先生的名字，知道了你的消息。謝謝你，扶蘇大哥，因為你勇敢地活了下來，才讓我有了如今這溫暖的家，以及一切一切……

她情不自禁地喊了起來：「扶蘇大哥，你好嗎？我是小嵐……」

聲音在夜空中迴旋。不知這問候能否穿越時空，傳到兩千年前的扶蘇耳中？

公主傳奇13

大秦公主（修訂版）

作　　者：馬翠蘿
繪　　畫：滿丫丫
責任編輯：胡頌茵
美術設計：黃觀山
出　　版：新雅文化事業有限公司
　　　　　香港英皇道499號北角工業大廈18樓
　　　　　電話：（852）2138 7998
　　　　　傳真：（852）2597 4003
　　　　　網址：http://www.sunya.com.hk
　　　　　電郵：marketing@sunya.com.hk
發　　行：香港聯合書刊物流有限公司
　　　　　香港荃灣德士古道220-248號荃灣工業中心16樓
　　　　　電話：（852）2150 2100
　　　　　傳真：（852）2407 3062
　　　　　電郵：info@suplogistics.com.hk
印　　刷：中華商務彩色印刷有限公司
　　　　　香港新界大埔汀麗路 36 號
版　　次：二〇二二年四月初版

ISBN：978-962-08-7990-6
© 2013, 2022 Sun Ya Publications (HK) Ltd.
18/F, North Point Industrial Building, 499 King's Road, Hong Kong
Published in Hong Kong, China
Printed in China